こんにちは、ディケンズ先生3

船場弘章
SENBA HIROAKI

幻冬舎 MC

こんにちは、ディケンズ先生3

第4章

1

名曲喫茶ヴィオロンの常連客大川が、店内で何やら心の中でつぶやいている。

〈早いものだな。ここヴィオロンで最後のライヴをしてから五年が経つのだから。あの時中年男性三人で立派にやってみせるぞと言ってはみたけれど、結局、秋子さんの助けを借りてなんとかできたという感じだった。

小川さんは突然大阪に転勤が決まって単身赴任をして、もうすぐ四年が経過する。なぜだかわからないけれど音楽教室に通ってクラリネットを熱心に勉強していたということだから、中心メンバーになれるかもしれない。その小川さんももうすぐ東京に帰って来るということだ。

アユミが復帰すると言っているから、アユミ・クインテットが復活するといいな。深美ちゃんは中二だけれど、もうしばらくはロンドンでピアノのレッスンを受けるということだから、クインテットといってもメンバーは、アユミ、秋子さん、桃香ちゃん、小川さんそしてわたしということになる。ピアノ、クラリネット二本、女の子のボーカル、男性ボーカルでどんな曲ができるか考えておかなくては。

我が家もふたりの子供ができた。アユミは熱心に子育てをしてくれているが、日曜日は一日息子の世話を頼まれてしまう。ぼくが面倒を見ていると甘やかすことになるので、早いうちからアユミの愛のムチを経験して世の中には怖いものがあることを知っていてもらった方が、物心ついた頃から少年になるまで子育てがし易くなると思うのだが、それをこの前言ったら、あなたを物わかりのよい人間にしてあげると言って、蹴りやパンチを思う存分、心ゆくまで浴びせ続けてくれたんだった。久しぶりに愛情のある衝撃を何度も身に受けて身を仰け反らせて喜んでいるとテレビの角に後頭部を打ち付けて大の字にのびてしまった。気が付くと息子が頬擦りをしていた。ほんとに子供ってかわいいなあ。

上の女の子に、アユミはピアノを習わせたいようだけれど、ぼくたちの周りにいないヴァイオリン奏者やチェロ奏者を育ててみたい気もする。まあ、ぼくとしては娘の気持ちを尊重したいと思うのだけれど、アユミはどう考えるかだ。

小川さんがここでアユミに、五十才になるまでに小説家になると宣言したのをよく覚えている。それから相川さんが小川さんの書いた小説を添削してあげようと言っていたのも。小川さんはディケンズのファンで、ディケンズの素晴らしい小説を多くの人に読んでもらいたいといつも話していた。小川さんは自分でディケンズのような面白い小説を書いてみたいと、一念発起されたのだろう。今の時代は、電車に乗っても文庫本や単行本を読んでいる人をあまり見掛けなくなってしまった。文庫本という手軽に知識を得ることができる便利なものが考え出され大手出版社もそれを始めた一九二七年から、まだ八十年も経たないのにもうピークを過ぎて他のものに取って変わられようとしている。限られた時間を有効に利用して知識を身につけて来た、勤勉な日本人はどこに行ったのだろう。

あっ、アユミがやって来た。下の子もようやく一人で歩けるようになったけど、こういう狭い通路を歩かせるのは大変だな。娘と息子は二人とも音楽好きでヴィオロンで流れる音楽に黙って聴き入ってくれるけど、それを見ていると、親のいいところが遺伝したのかなと親バカな発想をしてしまうが、あまりに心地がいいので眠ってしまうというのが本当のところなのかもしれない〉

「あなた、長い間待たせたかしら」

「そんなに」

「さっき、秋子が家に来て話していたんだけど、小川さん、来月からはまた東京で勤務するので、月末にはこちらに帰って来るそうよ。今月最後の土曜日に家に来たら、すき焼きごちそうするわよと秋子に言ったら。喜んで小川さん、桃香ちゃんと一緒に来るって言ってたわ」

「その時に小川さんにクラリネットを吹いてもらおうよ。熱心に勉強した成果を知りたいし」

「わかった。秋子に言っとくわ」

2

秋子と桃香は四年間単身赴任で大阪勤務だった小川から昨日、新幹線で帰るから迎えに来てほしいとの連絡を受けたので、お昼過ぎに自宅を出て東京駅に向かった。

「でも、お父さんはなぜ……」

「どうしたの」

「だって、月に一度はお家に帰って来たし、今日も同じように大阪から帰って来るだけなのに、なんで迎えに来てほしいなんて言ったのかしら」

「うふふ、そうね、桃香の言うことも一理あるわね。でも、人生にはいろんな節目というのがあって、その時は家族や知り合いに見守ってほしいという気持ちを持つものなのよ。お父さんも十数年暮らした東京を離れてひとりで大阪に転居して仕事をしてきて、また東京で頑張ろうという時に、家族からの励ましがあれば心機一転頑張れるんじゃないかしら」

「心機一転？」

「そうよ、お父さんは四年間大阪暮らしをしたわけだから、そこでお世話になった方々もきっといたと思うの。四年間を大学生の修学期間と同じと考えると、随分長い時間と考えることもできるわ。そういったことに気持ちの整理をつけるためには、家族の力が必要と考えたんじゃないかしら。だから、わたしたちは精一杯の明るい笑顔で迎えてあげて……」

「じゃあ、わたしも温かく迎えてあげるわ」

小川は節約のため、今までは金曜日の夜の夜行バスを利用して東京に帰っていたが、久しぶりに新幹線で東京に帰って来た。到着時刻と座席の場所を伝えていたので、扉を出るとそこには秋子と桃香がいた。いきなり桃香は、小川に抱きついた。

「おいおい、いつから、桃香はそんなに甘えん坊になったんだい。そんなに大きな子供が抱きつくとおかしいだろ……」

「お父さんも困っているから、そろそろ離してあげて。でも、この子が四年間寂しい思いをしていたのは事実なのよ」

「わたし、お父さんが早く東京に帰って来ますようにとお祈りしていたんだけど、ほんとにほんとに長かった……」

「うんうん、桃香がこんなにお父さんのことを思ってくれるのはうれしいよ。でも、驚いたなあ、桃香は大阪勤務が決まって東京を発つ時にもこうしてくれたけど、その時は腰に抱きつくのがやっとだったのに……」

「子供たちは本当に成長したわ。深美もロンドンで元気に頑張っているし……」

「そうだね。こうして子供たちに励まされて生きてゆけるぼくたちは、幸せものだと思う」

「ねえねえ、今晩は〃ユミ先生のところに行って、わたしたち、すき焼きをごちそうになるんだけれど。アユミ先生が……」

「どうしたの」

「そうだったわ。忘れるところだったわ」

「気になるなぁ、早く言って」

「大阪でクラリネットを熱心に勉強した成果を、見せてほしいって言われているのよ」

「今日、見たいって」

「そうなの、これは冗談だと思うけど、アユミさん、成果が上がっていなかったら、白菜とネギしか食べさせないと言っていたわ」

「そんなー、それはないよ」

3

小川たちが自宅に着いて、小川が書斎で引っ越しの荷物の梱包を解いていると、桃香がやって来た。

「おや、どうしたんだい。お母さんと買い物に出掛けるって言ってたんじゃなかったのかな」

「ええ、でもその前にこれを渡しておきたかったの」

「それは、桃香がお母さんからもらったクラリネットだね。ははあ、お父さんが今から荷物を解いて自分の合成樹脂のクラリネットを出さないで済むように、これを使ってというわけだ」

「いいえ、そうじゃないわ。このあとアユミ先生のところで、あっと驚くことが……」

そこで秋子が会話に加わった。

「ごめんなさい。少し勿体ぶったことをするけど、アユミさんのところですべてが明らかになるから、もうちょっと待っててもらえないかしら」

「君がそう言うんなら、待ちましょういくらでも」

小川は、クラリネットの演奏を始める前に、アユミから大阪でクラリネットのレッスンを受けたのかと尋ねられた。

「ええ、初心者のクラスに入って四年間基礎的なことを習いました。六人のクラスで、男性二人、女性四人でした。どちらかというと後発的なぼくは小さい頃にピアノを習っておられた方やブラスバンド経験者の方に迷惑を掛けましたが、計四回発表会を経験してひとつの曲を仕上げることもしました。今から何曲か聴いていただきますが、一オクターブ低いミから二オクターブ高いソまではなんとか出せるようになりました。テンポの速い曲は練習を積まないと駄目ですが、それ以外ならメロディラインがわかればなんとか……」

「じゃあ、何曲か吹いてみて」

小川は、クラシックの曲を指定された通りに演奏できるとは思えなかったので、カーペンターズの「イエスタデイ・ワンス・モア」「青春の輝き」「トップ・オブ・ザ・ワールド」と「サウンド・オブ・ミュージック」を吹いてみた。

アユミはいつになくにこやかに小川に話し掛けた。

「まあ、なんとかなりそうね。一応合格ということで。で、秋子、今度は桃香ちゃんのことでなにかあるのね」

「ええ、もうすぐ戻って来るから、ああ、来たようね。じゃあ、みなさん、今から何曲か桃香のヴァイオリン演奏をお聴きいただきます」

「ヴァ、ヴァイオリンって、それどういうこと」

「実は、アユミさんにも黙っていたんだけど、小川さんが大阪に転勤してしばらくして、桃香とふたりで名曲喫茶ヴィオロンに行ったの。ちょうどその時に『クレモナの栄光』と言われるヴァイオリンの小品集のレコードがかかっていたの。桃香はそれを聴いて、どうしてもヴァイオリンをやってみたいと言い出したの。そうだったわね」

「そうよ、お母さん」

「わたしは自分がやっているクラリネットをやってもらいたかったんだけど、クラリネットという楽器はヴァイオリンのように子供用の楽器がないの。だから中学生になるまでは、指も届かないし自分で楽器を支えられないので、練習を始められない。本人は楽器をやりたくてうずうずしているのになにもしてあげられない。そこでいっそのことヴァイオリンをやらせてみようかと考えたの。親子でクラリネット奏者が三人というのもいいけど、ヴァイオリンが出来れば、他の楽器とのアンサンブルも多彩だし、第一、たくさんの曲で深美との共演が楽しめることになるから」

「それで、この楽器をぼくに譲ってもらえたわけだ。じゃあ、今から桃香がその子供用ヴァイオリンで演奏するんだね」

「そうよ。なかなかのものよ」

4

小川は、自分の娘の子供用ヴァイオリンの演奏を聴いていて、いつまで経っても知っている旋律が出て来ないので少し居心地が悪くなって来た。それを察知した秋子は、小川の側に来て耳元で囁いた。

「聞き慣れたメロディーがなぜ出て来ないのか不思議に思っているかもしれないけれど、小さい頃にはやっぱり練習曲をたくさんこなしてリズム感や技巧を身につけていかないといけないの。他の楽器だったら、ジャズやポピュラーもたまにはいいと思うけれど、ヴァイオリンという楽器のために多くの練習曲が残されているのだから、大きくなってそれらをきちんと弾きこなせるようになるために、今はこういう曲をしっかりと弾いておかないといけないの」

「うーん、ぼくにはとても出来そうもない。でもこれが桃香のためになるんだったら、続けるといいよ。それから何かぼくにできることがあったら、遠慮せずに言って」

「ありがとう」

桃香の演奏が終わってしばらく小川はアユミ夫妻と歓談していたが、まだ長男を紹介していなかったわねとアユミが言って突然夫を頭上に持ち上げたので、小川は思わず後退った。アユミが腹這いの格好の夫をくるくると頭上で回していると、長男が喜んで手をたたき始めた。アユミがその勢いで夫を天井に投げつけると驚異的な反射神経で夫は一旦天井に逆さまに立ったが、重力に逆らうことはできずにそのまま落ちた。落ちたところに長男がはいはいで近寄り父親の頬に自分の頬をつけると頬擦りを始めた。アユミの夫は、何事もなかったかのように立ち上がると言った。

「実は、これをするのが毎日楽しみなんですよ。そうそう、長男の紹介がまだでしたね。名前は音弥と言います。心理学者にそういう名前の人がいましたよね。長女は裕美という名前で、これは昔わたしがファンだった歌手から……」

「あなた、そんなことはどうだっていいの。もっと大事なことがあるでしょ」

「そうだった。実は、小川さんが帰って来られて、しばらくは休日を一緒に楽しく過ごせると思っていたのですが、また九州に転勤することに……」

「そうでしたか。で、今度はおひとり行かれるのですか」

「ええ、ですが遠いので小川さんのように毎月帰っては来られないんですよ。それでできれば休日の夕食はアユミと一緒にしてほしいのですが……」

「えええっ、そ、そうですね。でも、息子さんを喜ばすことは無理だと思います」


その夜、小川が胸をときめかせて書斎で横になると夢の中にディケンズ先生が現れた。

「やあ、久しぶりだね。再会というものは心ときめくものだね」

「先生もそう思われるのですね。娘が再会を喜んでくれましたが、実際のところは毎月会っていましたから先生やアユミさんたちとの再会の方がうれしくて」

「そんなことを言ってはいけないよ。秋子さんや桃香ちゃんは君のことを思ってわざわざ駅まで迎えに行ってくれたのだから」

「先生、うちの子の名前を覚えてくれたのですね。ということは、先生の生誕二百年のお祝いのためのメンバーに」

「ああ、小川家、大川家、相川家の御三家は外せないし、他にもわたしの小説の登場人物のような楽しい人物も君の前に現れるから、期待していたまえ。それから相川が帰って来たら、小説を書くことを忘れないでくれたまえ」

「……」

5

小川は、東京での勤務を再開して最初の日曜日に秋子と一緒に神田の古書街に出掛けた。靖国通りを東へ西へぶらぶらした後、ふたりは風光書房へと向かった。店の中に客がいなかったので、小川はすぐに店主に声を掛けた。

「ご無沙汰しております。前にお邪魔して随分日が経ってしまったので、もう忘れてしまわれたということはありませんか」

「どうしたんですか。小川さん、あなたと奥さんはシュティフターに興味をお持ちなんだから、わたしにとっては共通の話題を持っているお得意さんですよ。それにディケンズの本をたくさん買っていただいていますし」

「そうですか、そう言っていただくといつものように同じことをお尋ねするのも……」

「『ドンビー父子』『ニコラス・ニクルビー』『ハード・タイムズ』があるかということですよね。いずれもすでに新訳が発売されているのは知っているのですが、残念ながら、ここにはありません。もしかしたら、大きな図書館にあるかもしれませんから、一度そちらで尋ねてみられてはどうですか」

「実は、大阪市立中央図書館で、『ドンビー父子』『ハード・タイムズ』が書棚に置かれてあるのを見たのですが、『ドンビー父子』は二段五百ページ余りが二冊、『ハード・タイムズ』は五百ページ余りが一冊ということで、遅読のぼくは諦めざるを得なかったんです。貸し出しは二週間で予約が入らなければもう二週間延長可能のようですが……。それに購入しておけば好きな時に読めますし」

「小川さんに何度もお越しいただいているのですから、入ったらすぐに連絡させていただくことにしましょうか」

「いいえ、ぼくはここで古書を見るのを楽しみにしていますので、東京に戻ったことだし三ヶ月に一度くらいは顔を出しますよ」

そのあとふたりは名曲喫茶ヴィオロンに行ったが、少し話がしたかったので鑑賞している人たちの迷惑にならないように入口を入ってすぐ右にある席に腰掛けた。

「初めてここに来たのが、一九八八年二月で、今、二〇〇四年一月だから、もうすぐ十六年になるのね。ところでずっと前にわたしが言ったこと覚えているかしら。趣味と実益を兼ねた何かをやってみたいという話を」

「覚えているよ。ぼくもいつかその話を切り出すだろうと思っていた」

「じゃあ、話は早いわね、それをどのようにするかということだけれど」

「まあ簡単に言えば、この街のたくさんの人に音楽を楽しんでもらおうということだから、しばらくはヴィオロンでライヴをさせてもらうということになるんじゃないかな。アイデアマンの大川さんが出られないのは痛いけど、秋子さんとアユミさんが演奏内容を考えてくれれば、ぼくはできるだけのことはさせてもらうよ。ぼくとしては君とふたりでモーツァルトのクラリネット二本で演奏できるあの曲をやりたいなあ。なんと言ったかなあ、あの曲」

「うふふ、モーツァルトの二本のクラリネットのための十二の二重奏曲K．四八七ね。わたしも小川さんとその曲ができるようになるのを楽しみにしているわ。それにモーツァルトの他の室内楽曲なんかも一緒にできれば……」

「まあ、それははっきり言っておくけど無理だと思う。これから仕事も忙しくなるし、アユミさんに五十才までに小説家になると約束したんだから一つくらい中編の小説を懸賞に出すくらいのことはしないと。そのためにはもうすぐ帰国される相川さんに何度か指導を仰がないと。今、四十三才だからまだ時間はあるけれど、これらのことをした上でクラリネット初心者のぼくが君と一緒にクラシックのアンサンブルをやるというのは、はっきり言って難しいと思う。だから、これはぼくからの提案だけど、アユミさんの伝手で一緒にアンサンブルをする仲間を紹介してもらったらどうだろう。音大の卒業生で、例えば子育てが終わったので音楽を再開したいと考えている人とアンサンブルをした方がレパートリーも豊富になるし完成度の高い演奏を聴いてもらえるし。もちろん半年から一年に一度だったら、ぼくも少しは……」

「なんだか、そんなことを言われると、家族みんなが離れ離れになるようで寂しい気がするわ」

「でも、遠くロンドンで一所懸命頑張っている深美のことを考えると、ぼくたちも現状に満足しないでいろいろやってみるべきだよ。子育てが落ち着いたのなら、新しい音楽仲間とモーツァルトのアンサンブルに挑戦というのがいいと思うんだけど」

「そうね、小川さんの言うとおりだと思うから、少し頑張ってみようかしら」

6

小川と名曲喫茶ヴィオロンで話をした日の翌日、秋子はアユミを訪ねた。

「夕食の時間なのにごめんなさい。少し相談に乗っていただきたいんだけれど」

「なにもそんなに気を使わなくてもいいわよ。わたしはこの子たちとご飯を食べてお風呂に入ればいいんだから」

「じゃあ、お願いするわ。きのう小川さんと外出した時に音楽活動について話したんだけれど……」

「秋子がもっと音楽経験のある管楽器奏者と親しくなって共演した方がよいと小川さんは言ってたんでしょ」

「えっ、なぜそれがわかるの」

「それが秋子のために一番いいことだからよ。この前、小川さんの演奏を聴かせてもらったけれど、やっぱりわたしたちと演奏するのは今のところ難しい。秋子がそれに歩調を合わせて自分のやるべきことをしないなら、秋子がよく言っている、歌のある曲ばかりを演奏して、今、桃香ちゃんが演奏しているようなエチュードをしなくなってしまうでしょう。音楽の三要素は、旋律（メロディ）、リズム、和声（ハーモニー）と言われているけど、小川さんはメロディを楽しみながら演奏しているという感じ。リズムを正確に刻むことや他のパートの演奏者と鎬を削りながら、より完成度の高い音楽を作るというのが苦手なようだわ。音楽は楽しめばいいと考えている人と音楽で生計を立てていこうと考えている人との間にはいろんな面でギャップが存在するみたい。秋子は趣味でクラリネットを演奏しているのだから、別に今のままでもいいような気もするけど、音大出身の管楽器奏者と一緒に練習して刺激を受けてさらに高みをめざすというのなら協力させてもらうけど……。そのためにはメロディ重視の音楽とはお別れしてほしいの」

「ということは……」

「まあ、ヴィオロンでライヴする時はみんなで仲良く練習するけど、それ以外の時は秋子は新しい音楽仲間とだけ練習してほしいの」

「そうね、小川さんに相談してみるわ」

「よろしい。ところで管楽器のアンサンブルとなると、オーボエ、ファゴット、ホルンとの共演ということになるけれど、モーツァルトやベートーヴェンのピアノと管楽のための五重奏曲をやるときにはわたしも呼んでほしいわ」

「もちろん、それからブラームスのクラリネット・ソナタや「アルペジョーネ・ソナタ」をやる時にはアユミさんに伴奏をお願いするわ」

「よーし、じゃあ、人脈を駆使して秋子の音楽仲間になってくれる人を探してみるわ」

「ありがとう。ほんとに楽しみだわ」

その夜、小川が帰宅したのは午前零時を過ぎていたが、小川が、アユミさん、どう言っていたと訊いたので、秋子は今日アユミと会って話したことを伝えた。小川は、いつになく緊張した面持ちで話し出した。

「人の人生はそれぞれの人のものなんだから、その人の事情もよく考えないでお節介をやくことは厳につつしまないといけないけれど、自分の家族や友人がもう少し努力が必要な時や発想の転換が必要な時に、後押しをしてあげたり発想の転換をするためのヒントをあげたりするのはよいことだと思う。深い愛情や友情が育まれるからだ。だからぼくは君と一緒に少しでも長い時間過ごしたいという目先の利益にとらわれて、君がクラリネット奏者として有意義に使うべき時間をふいにしてしまうのを黙って見ているようなことはしないよ。子育てが一段落して少し時間が持てるようになったんだから、君は昔からやって来たことをより意義のあるものに高めて行かなければならない。君は君で新しい音楽仲間と頑張ってと言いたいんだ。とエラそうに言ってはみたが、年に一回くらいは……」

「そうね、みんなでにぎやかに音楽会をしましょうか」

7

小川は風光書房の店主から、『ドンビー父子』の上下巻が揃って入荷したので店にお越し下さいとのはがきを受け取った次の日、仕事を早めに切り上げてその古書店へと向かった。エレベーターが四階からなかなか降りて来ないため、小川は階段で四階まで上ることにした。小川が店に入り店主の顔を見て挨拶すると、店主は申し訳なさそうに話した。

「せっかくお越しいただいたのですが、『ドンビー父子』はたった今、別のお客さんが購入されました。書棚に置かずにわたしの後ろにある棚に目立たないように置いていたのですが、それを目敏く見つけられ、いくらでも払うから購入したいと言われました。これは大切なお客さんのために取り置きしているんですといっても、どうしてもこれが欲しいと一時間余り言い続けられ、結局、根負けして売ってしまいました。普通の人ならばそんなことはしなかったのですが、ある人物にそっくりで、思わず、どうぞと言ってしまったんです」

「それは誰ですか」

『ピクウィック・クラブ』の主人公のサミュエル・ピクウィック氏ですよ。まだ、いるかも。ほら、下の広場で突風に吹き飛ばされた自分の帽子を追いかけて、右に行ったり左に来たりしているじゃないですか。ほらまた右に……、ほらまた左に……。でもようやく捕まえたようだ。御茶ノ水駅の方に歩いて行かれますね」

「うーん、確かに真ん丸の頭部、真ん丸の胴体、真ん丸の眼鏡でタイツのようなぴっちりしたズボンをはいておまけに燕尾服まで着ていましたね。で、そのそっくりさんはよくここに来られるのですか」

「いいえ、はじめてお会いしました。最初は普通のお客さんと同じように店内の古書を見ていらしたのですが、わたしの後ろの棚にある『ドンビー父子』を見つけると、それが欲しいと言われたのです」

「そうですか。まあ、また入荷したとの連絡を受けたら、この次の時には朝一番にお邪魔するようにします。今日のことは気にしないでいいですよ」

小川は以前から欲しかった本を逃してしまったのがやはり口惜しく、次の日曜日に都立多摩図書館に行き、蔵書の中に『ドンビー父子』があるか調べ、あるようならたとえ二週間でも借りて読めるところまで読んでみようと考えた。

数日して、以前、居眠りをしてしまった席に腰掛け、都立多摩図書館の蔵書にあった『ドンビー父子』を見ていると後ろで、小川さん、お久しぶりですと声がした。振り向くと、相川がいた。

「あっ、相川さん、帰国されたのは知っていたのですが、なかなかご連絡ができなくて……」

「いえいえ、ぼくの方こそ連絡できなくて……。ところでどうですか、久しぶりに近くの喫茶店でゆっくりお話でも」

「というといつもの講義ですか」

「まあ、それはもう少ししてからということで……。今日は、小川さんに小説について何かアドバイスしようかと」

「それは例えばどんなことですか」

「そうですね。例えば、どんな小説を書くかということですが、小川さんのお好きなディケンズの流儀に従って、登場人物をしっかり描き、何かが起こりそうな場面を設定し、その中で読者を楽しい気分にさせたり感動させる台詞を言わせるというのが、オーソドックスなやり方だと思います。他には以前お話したことがありますが、一人称小説の主人公になったり意識の流れの手法を使って自分の内面を読者に見てもらうやり方というのも面白いと思います。それから……」

「いろいろ言っていただくのは有難いのですが、なかなかそこまで手が回らないのですよ。大川さんの奥さんに約束したので、五十才までには一作くらい懸賞に応募したいと考えているのですが……」

「それでは、少し話が違う。大川さんのお話では、小川さんは五十才までに小説家になると宣言された。奥さんのアユミさんは、嘘つきは大嫌いだから、反古にしたらただではおかないと……」

「ううっ、なんだか知らないが悪寒がして来たので、気分を変えるために外に出ましょうか」

8

小川は相川に久しぶりの講義を聞かせてもらいたかったが、生憎日曜日の夕方はアユミの家での夕飯を共にすることになっていたので、講義を拝聴するのは次回にすることにし、その時にはもう少し早い時間に都立多摩図書館に行くことにした。相川が、それでは今日は名曲喫茶ヴィオロンで、今の季節にぴったりのシベリウスの交響曲第五番を聴いて帰りましょうと言ったので、小川はそれに同意した。名曲喫茶ヴィオロンに向かう道程でも、ふたりは小説やクラシック音楽の話に夢中になり、三鷹の駅で各駅電車に乗り換える時もお互いの言葉を聞き逃すまいとしていたので、周りの様子や声に注意がいかなかった。各駅停車のシートが空いているのを見つけ座った時に、小川がふと向かいのホームを見ると、足を屈伸させながら両腕を同時に前後に振っている小柄な男性の姿が見えた。最初、大川は小川と相川が向かいの電車に乗っているのに気が付かなかったが、小川と目が合うと一目散に小川たちが乗っている電車に向かって駆け出した。間一髪で小川たちの電車に乗ることが出来、やがて大川はふたりのところにやって来た。

「秋子さんに、小川さんがどこに行かれたのか尋ねたら、都立多摩図書館に行かれたと言われました。で、もしかしたら、帰国された相川さんと同行されているかもと思い、ぼくも図書館に向かうところでした。行き違いにならなくてよかった。ところで今からどこへ行かれるのですか」

「阿佐ヶ谷で降りて、ヴィオロンへ行こうと思うのですが」

「それなら、ぼくもご一緒させて下さい」

三人が名曲喫茶ヴィオロンに入ってすぐ右側の席に腰掛け、マスターにコーヒーをそれぞれが注文し、バルビローリかコリンズの指揮でシベリウスの交響曲第五番のレコードを掛けてほしいとリクエストをすると、大川が小声で小川に話し始めた。

「午後八時の飛行機で福岡に戻りたいので、夕飯は一時間ご一緒できると思いますが、あまり話せないと思います。ここに相川さんがおられますので、相川さんの講義を是非復活させてほしいという話をしておこうと思ったのです。今のところ、二ヶ月に一度は福岡から帰って来ますが、土曜日の午後に帰って来て、日曜日の午後八時の福岡行きの飛行機に乗らなければならないので、相川さんのお話をじっくり聴かせていただくためには、日曜日の正午から講義を始めていただくのがいいと思います」

「ぼくも大川さんのご意見に賛成なので、相川さんさえよければ……」

「ぼくは、別に朝からだってよいのですが、珈琲一杯で楽しい時間を過ごすというわけにいかないでしょうから、正午というのはギリギリの線ということになるでしょう。ところで、講義の内容はどういったものにさせていただきましょうか。また前と同様に小説も聞きたいと言われるのなら、どういったものがいいですか。それからこれが一番肝心なことですが、小川さんの小説の添削をどのようにさせていただきましょうか」

「これはオブザーバー的な位置にあるわたしの個人的な意見ですが、まず正午に以前と同様に都立多摩図書館の前でわたしたち三人が待ち合わせて、近くの喫茶店へ行きます。最初に小川さんから、持参した小説をわたしたちに披露していただきます。小川さんは相川さんからの質問に答え、その次の集まりまでに相川さんに添削して来てもらう。その後、相川さんの講義に移るのですが、内容についてはお任せします。文学に関する楽しい講義をしていただければ結構です。それと楽しい小説もお願いします。で、今まではだいたい三つの演題を発表されていましたが、小川さんの小説もありますので演題は二つということでお願いします。これはあくまでも、それではじめてみようということなので、状況を見て演題を増やしたり減らしたりすればいいと思います。ぼくの希望ですが、講義は引き続き、「面白い小説とはどんなんだろう」でいいと思うのですが、相川さんが持って来られる自作の小説は、前回までの小説はハッピーエンドで終わりにして、新たな小説をお願いしたいのですが、小川さんはどう思われますか」

「講義の内容は相川さんに任せるとして、小説は面白いと同時に、ぼくが小説を書く時の参考になるようなものを書いていただければ有難いです」

「わかりました。二ヶ月あるので講義も小説もじっくり考えて充実した内容のものにしたいと思っていますが、まあとにかくやってみましょう」

9

小川と大川がふたりの家族が住むアパートに戻って来る頃には辺りが真っ暗になり、小川が時計を見ると午後六時近くになっていたので、みんなが集まることになっている大川の家へ直行することにした。

玄関の扉を開くと、桃香がやって来た。

「みんな首をぞうさんのお鼻やきりんさんの首のように長くして待っていたのよ。さあ、はやくはやく」

「ふふふ、もう準備が整っているのですぐにはじめましょう。ご主人は一時間しか同席できないから、この主賓の席に座って下さい。じゃあ、ガスコンロに火を点けてと……」

「あなた、随分遅かったじゃない。なにかあったの」

「それが、都立多摩図書館に行けば小川さんに会えるだろうと出掛けたんだったが、三鷹の駅で小川さん、相川さんと偶然に出くわして、三人で名曲喫茶ヴィオロンに寄って帰って来たんだ」

「小川さん、相川さんと偶然に出くわしたっていうけど、あなたなにかしていて目立ったからじゃないの」

「そ、それは……」

「やっぱりね。あれほど、場違いなところでスクワットはしないでねと言っておいたのに」

「でも、お前、最近トレーニング不足になりがちで、ぼくの場合、スクワット、腹筋そして腿上げの三点セットを一日三時間はしないと脹脛がこむらがえりをおこしたり、肩こり、腰痛が出たりするんだよ。実際、先月一週間腿上げをさぼったら、足がつって夜中に布団のなかでのたうち回ったんだよ……」

「でも、約束を破ったんだから、罰は受けないと。今日はいつもの二倍回してあげるわ」

　そう言うとアユミは立ち上がって軽々と夫を持ち上げると、正月の演芸でよく見られる座布団回しのように夫に回転を加えた。ふたりの息子の音弥は大喜びで手を叩いていたが、回転がゆるくなってアユミが夫を床に降ろすと音弥が夫のそばにやって来て頬擦りを始めた。

「この前、子供と夫が接触しそうになって、むちゃくちゃはやめたわ。でも少しのむちゃがないと夫には物足りないみたいで、子供のいない時でいいから天井に投げてくれって言うのよ」

「……」

大川が、ぼくは福岡に帰るので、楽しんで帰って下さいと言って玄関から出て行くと、秋子は持参した楽譜とクラリネットを見せて、久しぶりにアユミさんの伴奏で演奏させてもらっていいかしらと言った。

食事を終えて、演奏の準備ができると秋子は言った。

「クライスラーは自作の「愛の喜び」「愛の悲しみ」「美しきロスマリン」「ロンディーノ(ベートーヴェンの主題による)」、クライスラーが編曲した「ロンドンデリーの歌」がよく演奏されますが、これらの曲のヴァイオリン用の楽譜が廉価で売られていて、わたしはそれを購入してクラリネット用に直してアユミさんの伴奏でヴィオロンのライヴで披露したりしました。その同じ会社の同じシリーズの楽譜の中にパラディスの「シチリアーノ」の楽譜がありますが、こちらは今のところ演奏会で取り上げたことはありません。それほど難しい曲ではないのですが、ほんとに心に訴えかける、わたしにとってかけがえのない曲なのです。だから大切にして人前では演奏しませんでした。

この曲をここにお集まりのみなさんに聴いてもらって、今後しばらくはアンサンブルだけをやっていきたいと思います。アンサンブルをすることで、技術の向上や音楽仲間をたくさん作ることが期待できますし、アンサンブルの中にもこの曲のようにメロディの美しい曲を見つけ出すことができると思います。それを見つけたいというのがアンサンブルをはじめたいということの大きな動機になっていると思います。器用な人間ではないので、今まで通りのことをした上にアンサンブルをはじめるということが難しいので、しばらくはアンサンブルに専念させて下さい。よろしくお願いします。それでは」

アユミの伴奏で秋子は演奏を始めたが、演奏が終わると小川は秋子に駆け寄り、やさしく耳元で語った。

「君の新たな出発をぼくは祝福するから頑張って。何かあればいつだって相談に乗るよ」

「ありがとう」

10

小川は日曜日の正午頃に都立多摩図書館前で相川と待ち合わせることになっていたので、午前十一時過ぎに家を出た。小川は昨晩遅くまで起きていて小説を書いたが考えがまとまらず、今日は二百字余り出だしの部分を書いただけのメモを相川に見てもらうことにした。その内容は、次のようなものだった。

『中学生のはじめは、大のラジオ好き。その日は二学期の期末試験が終わり解放的な気分になっていたので、昼食後、携帯ラジオを持ち出して近所の公園に行き、藤棚の下のベンチに横になるとFM放送を聴き始めた。その時間はいつも一九五〇～七〇年頃のイージーリスニングがかかっており、はじめはそれを聴きながら微睡んで時間を過ごすのが好きだった。ベンチに横になっていると、近くで男性の声がした。「あっ、「蒼いノクターン」だね。きみもこういう曲が好きなんだね」はじめが驚いて顔を上げると、そこには二十代くらいの大学生らしき人がいた』

家の近くの駅のホームで一緒になった大川に、そのメモを見てもらったが、大川は、今はコメントを差し控えたい。どうしてもと言うのなら、相川さんのコメントが終わってからにしたいと言った。都立多摩図書館に行くとすでに相川が来ていて、それではいつものところですぐに始めましょうと言った。喫茶店に入ると相川は小川が差し出したメモを五分ばかり読み返していたが、やがてにっこり笑って話し始めた。

「なかなかいいと思います。小川さんは今回少ししか書かれなかったけれど、いくつかの大切な点を押さえておられると思います。興味深い二人の人物の登場、この先どうなっていくのかという期待、主人公に対する興味を読者に持たせることなどが見られ、この内容で続けられればよいと思います。ですから、次回にわたしの意見をもとに添削したものを持って来るというのはしないで、今からいくつかお話しすることを参考にされて、その続きを次回に持参されればよいと思います。それを繰り返すことで、ひとつの完成した小説にすればよいと思います。そうすれば時間の節約もできますし、大川さんの奥さんに約束を反古にされたとお怒りを買うこともなくなると思います」

小川は、アユミが自分を軽々と持ち上げて座布団を回すように回しているのが頭をかすめたが、すぐに目の前にいる相川に視線を戻すと先を促した。

「今から言うことは苦言なので、少し気分を害されるかもしれませんが我慢して聞いて下さい。まず、この小説がいつの話かわかりません。小川さんと同年齢の主人公とわたしなら考えますが、何も知らされていない読者は、今、中学生、ということは一九九〇年前後に生まれた人物と考え、藤棚の下のベンチ、平日のお昼過ぎにFM放送で一九五〇〜七〇年の音楽を放送していること、大学生が「蒼いノクターン」を知っていることが、嘘っぽくなり、リアリティに欠ける作品となってしまいます。どこかでいつ頃の話かわかるようにしておく、それもさり気なく添える程度でするのがいいと思います。次に今後の展開をどうするかある程度道筋を付けるのがいいと思います。ラジオは主役にはできません。そこから流れる音楽を小説の彩りに添えたいというのはわかりますが、それが多用されると本当に注目してほしいところに読者の興味が向かなくなってしまう恐れがあります。となると主役をどのように扱うかということになりますが、思春期の悩み多い未熟な蒼い中学生とするか、潑剌とした前向きな物怖じしない元気な中学生とするかですが、これは、「蒼いノクターン」を登場させていることで、小川さんはなにかを暗示しようとされているようですね。ここのところをどのようにされるかわたしは楽しみにしています。最後に少ししんどい話をしなければなりません……」

小川は、アユミが自分を軽々と持ち上げて天井に放り投げるところが頭をかすめたが、首を数回振ってそれを振り払って相川に言った。

「そ、それはどういうお話ですか……」

「小川さんが五十才になられるのが、あと七年余りということですが、当初わたしが計画していたのが、月に一度このような会を持たせていただくとして、小川さんに一回につき原稿用紙二枚と考えていたのですが、二ヶ月に一回となったのでもう少したくさん……」

「そうですか。そういうことであれば、ぼくもスクワットを始めようかなと思います」

11

小川は今になって五十才までに小説家になると言ってしまったことを後悔し始めたが、それを目敏く見抜いた相川が小川に笑顔で声を掛けた。

「小川さんは責任感の強い人だから、一旦宣言したことはやり抜かねばと思って悩まれているんでしょう。でもそんなに自分を追いつめないで、少なくともわたしに提出する小説について言えば、その資格があるか、それだけの技量があるかの試験を受けているのだと考えたらいいと思います。それに小川さんが五十才になるまでに小説家になれないからといって、大川さんの奥さんが小川さんをどうこうするということはないでしょう。ねえ、大川さん」

「それはわかりません」

「……」

「でもそういうことになったら、わたしが守ってあげますよ。ははは」


「それでは、わたしの講義に移らせていただくことにしましょう。大川さんから、文学に関する楽しい講義と楽しい小説ということでしたが、とりあえずそれを続けていくためにテーマを決めておきたいと思います。題して、「喜びも悲しみも味わい続けて幾星霜　小説っていいもんですね」という内容の講義をしていきたいと思います。小説については、石山、俊子、課長のキャラクターを捨ててしまうのはもったいないので、引き続き彼らに登場してもらうことにします」

「そうですか、彼らの活躍を楽しませてもらっていたので、また彼らが小説に出てくるというのは楽しみです。ところで講義の時間を短くして、ぼくが書いた小説の指導の時間に充てていただければ、さらに有難いのですが……」

「ぼくもその方が時間を有効に使えると思うので、相川さんがよければ小川さんが言われる通りに……」

「わかりました。それでは今日のところは、用意した二つの講義を消化させていただくとして、次回からは講義は一つ、その前に小川さんが書かれた小説についてわたしがいろいろと参考意見を言わせていただくというふうにしましょう」

「ではそろそろ講義をお願いします」

「今日は、「長編小説と短編小説の違い」「小説と戯曲の違い」についてお話ししましょう」

「あのー、ぼくは思うんですが、長いのと短いの。それから観客に見てもらうために書いたものとそうでないものと……」

「確かにそうですが、もう少し掘り下げて解説しようと思います。ところで小川さん、長編小説、短編小説で有名な作家をあげていただけますか」

「そうですね。前者ではやはりたくさんの長編小説を書いた作家ということで、チャールズ・ディケンズ、アレクサンドル・デュマですね。やはり短編小説といえばすぐに浮かぶのは、『賢者の贈り物』『最後の一葉』『水車のある教会』(これはわたしが個人的に好きな短編小説ですが)で有名なO・ヘンリーですね」

「わたしもそう思います。で、仮に長編小説の代表作家をデュマ、短編小説の代表作家をO・ヘンリーとしてどちらが、息の長い作家活動ができたとお思いですか」

「それはデュマだと思います。彼は六十八才で亡くなりますが、確か四十八才までに十数編の長編小説、その中には『ダルタニャン物語』や『モンテ・クリスト伯』があります。一方、O・ヘンリーはというと四十七才で亡くなるまで、三八一の短編小説を発表したと言います
が、作家として活躍していたのは三十代前半くらいだと思いますし、有名なものとしては先
程言いました短編小説になると思います」
「ありがとうございます。まあこのことから作家を志すなら、長編小説を書けというのがわ
たしの言いたいことなんですが、もう少し補足説明をしておきましょう。とにかくキャラク
ターの創造というのは、おいそれとできるものではありません。また自分の創造したキャラ
クターに愛着が湧くということもありますから短編一回の登場だけで使命を終えてしまうと
いうのは勿体ない気がします。とはいえ長編小説を一気に書き上げることは不可能に近い。
そこで考えられたのが、連載小説という手法です。これだと一日（一回）につき原稿用紙二
～四枚の量をコンスタントに書き、二百回続けられれば、立派な長編小説になるというわけ
です。職業作家でなければ好きな時に中断することもできますし、逆に創作意欲がある時に
はどんどんどしどし書けばよいと思います」
「おっしゃる通りだと思うのですが、結末については考えておかないと駄目ですよね」
「いいえ、わたしはむしろ心の赴くままに、知の泉が湧き出るままにペンを走らせるうちに
出来上がった小説というのでも面白いものができると思います。ただ忘れてはならないのは、
登場人物の性格に一貫性がないと説得力に欠けるものになってしまう恐れがあるのでその点

だけに気をつけられたらよいと思います。そういうことで今回の小説は、以前わたしの読み上げた小説の愛着のある登場人物に順番に登場してもらうことにしましょう」

12

「それでは、小説をお聞きいただきましょう。

『石山は俊子から自分との結婚の承諾を得たが、その他のことは何ひとつ目処がつかなかった。結婚資金は一銭もなかったし、俊子の頑固な父親とは未だに一言も交わしたことがなかった。また石山が俊子に会うためには特急電車とバスを乗り継いで片道五時間を要した（ただ石山は特急電車のチケットを購入するお金がないので、各駅停車を乗り継ぐか、夜行バスを利用していた）。俊子が暮らす街は石山の故郷の街に近い。石山が今暮らす街は大学を卒業し就職して配属された街で、生活の拠点にするには知らないことが多すぎる。俊子が両親や親戚のいない街で暮らすというのに、自分も街のことは何も知らないというのは許されないことだと石山は思った。石山は独り言を言った。

「彼女の心は今ぼくの方に傾いているのだからそれを大切にしないと。それでも振り子のように振り戻しが起きるかもしれない。もしかしたら♪＝２００で動くメトロノームのようになるかもしれない。そうなったら大変だぞ」

その頃、俊子は自分の家で母親と話をしていた。

「俊子がこの前石山さんを家に連れて来たので、あたしゃもう少しで腰を抜かすところだったよ」「オーバーねー、お母さんは」「何言ってるんだい。あんた家を出る時になんて言ったか覚えとらんの……」「確か、これで最後だから初デートの時の服装で出掛けるわと言ったわ」「そうでしょ。ほんなこと言っといて、玄関開けたら、あんたらふたりが腕組んで、おるもんだから、そのままお尻から落ちそうになったんよ」「お母さん、石山さんが今度来た時にはどこの出身かわからないような喋り方はやめてね」「なにゆうとるの。親にそんなことを言ってええと思っとるの。とにかくこの前は予告なしだったからやられたけれど、次回はお父さんに同席してもらってあの奔放な石山さんをぎゅっとねじ上げてもらうわ、ほほほ」「まあ、お母さんたら」

その頃、石山の上司である課長は、どうやったら石山が俊子とうまくやっていけるかを考えていた。

〈石山君はせっかく俊子さんと縒りを戻せたというのに、またふたり離れ離れの生活に満足しているようだ。これはひとえに我が社が一年を通して週休一日制だからなのだが、夜行バスで長い時間かかるとはいえ、月に二回くらいは土曜日の夜に夜行バスで彼女の元に出掛けて行き、日曜日の夜にとんぼ返りで夜行バスで帰って来るくらいの心意気を彼女に見せてほしいものだ。女性というのは男性の熱意に弱い。喫茶店で居眠りをするだけであっても毎週のように遠路はるばるやって来てくれれば、それだけで熱い想いを受け止めてくれるものだ。それに喫茶店での居眠りを我慢すると休み明けの朝に会社で居眠りしたくなるかもしれないから、石山君は我慢しないで彼女の前で遠慮せずに居眠りをしてほしい。それでは意味ないか〉』

というわけで、この四人を中心に物語を展開していきますが、講義のおまけとして聞いていただけたらと思います」

「うーん、こういう凝った小説がぼくにも書けるでしょうか」

「心配いりませんよ。一番大事なのは読者の心をいかにして摑むかで、ぼくの直感ですが小川さんの方があると思うんですよ」

13

相川が本心で言っているのか小川は訝ったが、そのことに気付いた相川は言った。

「小川さんは、そんなことはないとおっしゃるかもしれませんが、たくさんディケンズの小説を読んでおられることからわかるように、きっと読まれた小説の数はわたしより多いことと思います。またわたしより若いので、新鮮な感覚もお持ちだと思います。

それに小川さんのご家族だけでなく大川さんご夫婦にも宣言されているのですから、後戻りするわけにはいかない。つまり家族を幸福にしたいという気持ちだけでなく、その他にも何とかしないといけないという気持ちがある。これらのことがうまく働いてくれると、趣味で小説を書いているだけのわたしよりずっと、よい小説を書きたいという気持ちが強くなるわけです」

「そうですか。きっと、相川さんは、婉曲的な表現でぼくに頑張って小説を書くようにと励まして下さっているんでしょう。よくわかりました。では講義の続きをお願いします」

「それでは、「小説と戯曲の違い」について、お話ししましょう。残念ながら、わたしは、高校時代にシェイクスピアの四大悲劇を、大学時代にモリエールの笑劇を、社会人になってオペラに興味を持つようになりボーマルシェの『セビリアの理髪師』『フィガロの結婚』を読んだくらいなのです。それなのに偉そうなことを言うのはよくないのですが、やはり小説ファンのわたしにとって、会話ばかりが続く戯曲というのは異質のものなのです。先程、大川さんが言われたように、戯曲というのは観客に見てもらうために書かれたものであり、その後いくつかの過程を経て完成したもの（劇や歌劇）になる読み物なのですから、それだけで小説と同じように楽しもうと思うのは無理があるのかもしれません。それに観客は、喜怒哀楽の感情をあらわす台詞を求めるものです。主人公が黙って現状を思い悩むシーンよりも、怒りや悲しみの感情を露にする方がより観衆を楽しませることになるようにわたしは思います。要は戯曲というのは劇場という同じ空間にいる演じる側と観る側のそれぞれが満足いくように仕上げてゆくものなので、小説のように読んでいると劇的な場面が連続して食傷気味になってくるのです。そういうことで、戯曲というものは、地の文で情景描写、心理描写、場面の設定をした上で会話に入っていき、その後も必要に応じて状況を説明していく小説とは根本的に異なる観客を意識した芸術であるというのがわたしの結論です。ですから、戯曲が苦手と考えておられる方は、まず劇場に行って劇そのものを見られることがそれを克服することに繋がるのではないでしょうか。

では小説に移りましょう。といっても今回は戯曲のように書いてみました。

『六メートル四方くらいの事務所。入口のところには訪問者用にテーブルと長椅子が置いてある。そのすぐ左側に四つの机が向かい合わせて置いてあり、事務所の奥側にも左右にそれぞれ四つの机が向かい合わせて置いてある。そして一番奥には二つの机が離れて置かれてある。そのうちの右側の机に課長が座っている。

「石山君、ちょっと来てくれないか」「な、なんでしょうか」「最近、君は居眠りをしていないがなぜだね」「なぜって、それは休日に遠出をしないからです。俊子さんを訪ねるとどうしても睡眠不足になって」「それは、いけないことだ。俊子さんといつから会っていないんだ」「もうすぐ三ヶ月になります」「で、今度はいつ会うつもりなんだ」「予定はありません」「それでは、俊子さんが可哀想と思わないのかね」「でも、背に腹は代えられません」「もっと他の言い方があるだろう」「わたしは課長のような、鋼鉄の意志、鋼鉄の筋肉、鋼鉄の胃袋、鋼鉄の脳味噌を持っていません」「またそんなことを言って、投げやりな。よーし、わたしがまた鍛えてやるから。そうだな、最近の君に足りないのは体力だと思うから、出勤前に五十メートルダッシュを十本するようにしたまえ」「五百メートルダッシュを一本ではだめですか」「それでもいいよ」』

　ということで、今回はあまりよくない例でした」

「相川さんは少し小説に肩入れし過ぎだと思います。ぼくは戯曲も好きですよ。会話の妙味を味わえるし、相川さんが言われるような観客を意識した表現をするばかりではなく、しっとりとした心にしみる静かな場面もしばしば戯曲の中に見られます。それにいい戯曲をじっくり読めば、何も劇場に行く必要はないと思います」

「大川さん、どうもすみません」

「いえいえ、人それぞれ好みはあるもんです。気にしなくていいですよ」

14

　桃香が四年生になると、秋子はアユミの伝手でアユミの出身音大で事務員として勤務しはじめた。今までは、音楽とは関係のない短時間のパートの仕事だったが、秋子は自分の夢の実現のために、行動を起こしたのだった。

ある日、午後八時過ぎに小川は帰宅したが、玄関の扉を開けたのが桃香だったため、最近気になっていたことが口をついて出た。

「お母さん遅いね。今日用事があるとか聞いてる？」

「用事があるのならいいんだけど、なにも聞いていないから心配なの……」

「おや、あれはお母さんのようだな……。どうしたの、ずいぶん遅いじゃないか」

「ごめんなさい。少しわけがあるんだけど、夕ごはんを食べながら説明させてもらっていいかしら」

「わたし思うんだけど、お母さんうれしそうだから、きっと楽しいことがあったんだと思うわ」

秋子は買ってきた出来合いのおかずを食卓に並べ終えると、話し始めた。

「実は、わたしが音大の事務員をしたいと思ったのは……」

「アンサンブルのメンバーを集めたいからということではなかったのかな。音大だったら管楽器の奏者もたくさんいるということで働きたいと言っていたのでは……」

「そうよね、確かにたくさん在籍されているわ。けれど、一緒に演奏する仲間というのは学生つまり音大生の時にある程度決まってしまうみたい。わたしのように趣味の延長のようなかたちで楽器を習って来た人は独奏やアユミさんと演奏する分には問題がないけど、音楽仲間を募ってアンサンブルをするということになると相手を見つける術がなくて困ることになるの」

「なるほど、それでどうしたのかな」

「最初はアユミさんの知り合いの中で、ファゴット、オーボエ、ホルンなどの奏者を探してもらったんだけどうまくいかなくて、やっぱり自分で探そうと思ったの。音大生に会う機会が多いのは音大の事務員と思って、アユミさんにお願いしてみたの。二ヶ月前から晴れて音大の事務員になれたんだけど、さっき言ったように、現役で演奏活動をしている学生や卒業生同士は絆が強いから、部外者のわたしと一緒にアンサンブルをやりましょうと言ってくれるとは思えなかったの。だって趣味でクラリネットを吹いていた人が、自分たちと一緒に演奏ができるほど上手に演奏できると思わないでしょう。だからまずはわたしと一緒にアンサンブルをしてくれる人を自分なりの方法で探してみようと思ったの」

「で、どうしたの」

「お昼休みや仕事が終わった後に、同僚の何人かに自分のしたいことを話してみたの。そうしたら今は演奏活動から遠ざかっているけれど、子供の手が離れたので、久しぶりに再開したいと言われる方の何人かにお会いできたの。それで上司の方に、事務員兼演奏家をさせてもらいたいと言ったところ、現役の演奏家に迷惑がかからないようにすること、仕事をきちんとすることを守れるのなら、やってもいいと言われたの」

「今日はそれで遅くなったの？」

「そうなの。仕事が終わった後、その人たちと少し話したんだけれど、ほとんどが三十～四十代の女性で子育てが終わったので、久しぶりにやってみようかしらと言ってくれたの」

「ところでメンバーは何人なんだい。それと楽器は？」

「まあ、今のところは流動的だから、わたしと一緒に練習をはじめて定着したらその時にメンバー紹介をするわ。でもアンサンブルは楽器の編成がいろいろだから、固定メンバーはファゴット、オーボエ、ホルンの三人かしら。ところで、小川さん、小説の方はどうなの」

「まあ、秋子さんも頑張っているんだから……。精一杯やってみるさ。次回の相川さんの講義の時にちゃんと小説の出だしを書いて、相川さんによい評価をしてもらうことが第一の関門かな」

「そう、頑張ってね」

15

小川が家族と話していると、玄関でチャイムが鳴った。

「アユミさんたちが来たようだわ。わたしたちでここを片付けるから、お父さん、出てもらっていいかしら」

「ねえねえ、お母さん、わたし、アユミ先生と会うの久しぶりだから、ここが片付けられるまで玄関で話がしたいわ」

「じゃあ、桃香に頼もうかな。ここの準備はお父さんとするわ。でも玄関で長話はしないでね」

「はーい、わかりました」

桃香がアユミの家族四人を連れてダイニングに入って来ると、小川が感謝の念を込めて話し始めた。

「やあ、ようこそ。我が家では、月に一度のアユミさんからの報告を楽しみにしているんです。深美も手紙や電話をくれるけど、十四才の女の子の報告できることというのは友人のことや学校のことに限られますからね。その点アユミさんのお話は深美の寮生活から学校生活まで詳しく報告してもらえますから。本当に有難いと……」

「元はと言えば、わたしの恩師が深美ちゃんの才能を伸ばしたいということで、ロンドンでピアノ教師をしている恩師の親友の元に行かせたのだから、小川さんと秋子に心配だけはさせないようにと思っていたの。だから詳細にわたって報告して来たつもりよ。でも、今後はどうなるか」

「何かあったの」

「まあ、うれしいことではあるんだけど。深美ちゃんはわたしの恩師の親友のイギリス人のところで何年かピアノを習って、ロンドンの生活に慣れて才能が認められたら、王立音楽院などの学校でピアノを習わせようと考えたんだけど、この才能のある子を、つまり深美ちゃんのことだけど、わたしが育てたいとおっしゃる大先生が現れたの。その先生は自分で音楽学校もされているんだけれど、世界の才能のある子供を幼い時から自分の元に置いて世界的に活躍できる音楽家に育てているの」

「ロンドンに行けただけでも、夢のようだけど。さらに世界的に有名な指導者の元でピアノを勉強できるというわけね。ところでそうなると……」

「心配しないで。こちらからの条件は伝えてあるわ。ご両親は経済的に余裕があるわけではないので、レッスン料、家賃、生活費、学校の授業料などを負担してもらえなければお受けできないと。それでもその大先生は、自分の弟子にしたいと言ってくださっているのよ」

「でも深美がなぜそんなに……」

「記憶力、技巧、音色のどれもが優れていると言われているわ。特にモーツァルトのピアノ・ソナタを弾く時のセンス、音色はとてもすばらしいと……」

「でもこうしてみんなに支えてもらえるのも、アユミさんが深美に基礎をしっかりと教えて下さったからで、その後は水につけた海綿のように音楽的な知識や名曲の譜面を吸収していったのだと思うわ。で、さっきの有難いお申し出のことだけど、喜んでお受けするわ。名誉なことだし、当分の間、進路について考えなくてもよくなったというのは本当に有難いわ。

こんなにいろいろしていただいているのに申し訳ない。アユミさん、できればもう一つ、お願いしたいんだけれど……」

「どんなことかしら」

「深美がロンドンに行く時に、年に一回は里帰りしてほしいと願ったんだけれど、いろんな事情で実現していないの。新しい生活が始まったら、年一回は……」

「そうね、今までは複数の学校に通っていて、休みを一週間取るというのも難しかったけれど、これからは、年一回なら二週間位の休みが取れるかもしれないわね。そのあたりのことを恩師の先生から問い合わせてもらうわ。今まで深美ちゃんも両親に会えずに寂しかっただろうけど、これからは年に一回は両親に自分の成長を見てもらって両親からの温かい励ましの言葉が聞けるようになるから、今まで以上に頑張れるわね」

「ほんとにそうなってほしいわ」

「大川さん、お子さんの世話ばかりしてないで、何か言って下さい」

「では、少し小言を言わせて下さい。深美ちゃんはロンドンで活躍しているし、秋子さんはアンサンブルをするということで、アユミ・クインテットの主要メンバーがふたりもいない。ということでリーダーとしては頭を抱えています。それに小川さんが小説を書くのに専念するなんて言い出されると、もうこれは解散を考えなければならない」

「まあ、悲観的にならないで下さい。ぼくとしては年に一回は賑やかにやろうと思っています。深美も秋子もそれに異存はないと思いますよ。ただ、コンサートの当日まで練習が十分できないので、それをどうするかが大きな問題ですが……」

「わかりました。深美ちゃんの帰国の前までにどうしたらいいかを考えておきます。ぼくも頑張ってコンサートを成功させますよ」

16

週末に秋子が桃香を連れて実家に帰ったので、小川は日曜日の午後、久しぶりにJR御茶ノ水駅近くにある喫茶店に出掛けた。

最近、風光書房で手に入れた三笠書房の『ピクウィック・クラブ』をじっくりと読んでみたいと思ったからだ。

〈それにしてもこの本（と言っても一九七一年に二千部限定発売されたうちの出身大学の図書館に入ったものだが）を手にしたのが今から二十数年前なのだが、まさか自分でそれと同じ古本を入手できるとは思わなかった。古本が面白いのは、前の持ち主が本文に書き込みをしたり傍線を引いたりしていたり、タイトルページの下のところに自分の印（●●蔵書）が押してあることだ。最初はその本の所有権がまだその人に残っているようで気になったが、かえって印を押している本の方が保存状態が良い。だからそういった本を見つけると、きっと大切に読んでこられたが何か止むに止まれぬ事情があってだとか、持ち主が亡くなられたとかで古書店に持ち込まれたのだろうと思うことにしている。そうして古書を探していてそういった本に出会ったら、新しい所有者となったので、大切にしますよと呟いてすぐに購入することにしている。この本も外箱が少し変色しているくらいで、本自体には全く傷も汚れもない……。でも、この本はほんとに懐かしいなあ……。そうだ、あの時はこの本をこうして机に置いて頭を乗っけたんだっけ……〉

小川はディケンズ先生が待つ夢の世界へと入っていったが、最初にディケンズ先生と出会った時と同様に霧の中にいることに気付いた。小川は、いつもと同様にディケンズ先生を正面に見て話し掛けた。

「どうもお久しぶりです。最近、公私ともに忙しくて、先生の著作に触れる機会がありませんでした。でも、これからは、一日一ページだけでもこの『ピクウィック・クラブ』を読んで先生とふれあいの機会を作りたいと思っているんです」

「それはありがとう。実はわたしも小川君とこうして話すのが楽しみなんだ。だから『オリヴァ・ツィスト』（中村能三訳）を買ったのにいつまでも読まないのは、なぜかと思っているんだ」

「そうですか……。では、これはぼくの『オリヴァ・ツィスト』に対する個人的な意見なので、聞き流していただくと有難いのですが……」

「どうしたんだね。改まって。なんでも言ってみたまえ、かまわないから」

「この勧善懲悪の小説では、オリヴァはブラウンロー氏との出会いで不幸な生活から一転して輝かしい未来が待っている生活へと移って行きますが、そのあまりの違いに愕然とするのです。悲惨な生活を逃れるためにロンドンに出て来たわずか十才くらいの少年がフェイギン、サイクスをそれぞれ親玉、優等生とする窃盗団に引き込まれそうになるのをなんとか逃れ、ブラウンロー氏に助けられる。しかしオリヴァはすぐに窃盗団に連れ戻されます。窃盗団の計画が失敗してオリヴァが負傷したおかげで、ローズという天使のような少女と出会うことになり再び明るい兆しが見えてきます。やがてオリヴァはローズのおかげでブラウンロー氏と再会することができ、悪党、フェイギン、サイクスそれに黒幕のモンクス、最初にオリヴァを虐待したバンブル氏はみなひどい目にあわされることになります」

「うんうん、いつもながら君の解説は要を得ているね」

「でも、先生、その過去について何もわからない、窃盗団の少年たちと同じような服装をした少年になぜブラウンロー氏は親切にしたんでしょう。これについては、ローズやメイリイ夫人も同様です。それから悪党四人の描き方に粗さが見られます。『ベニスの商人』のシャイロックをイメージしてフェイギンを描かれたのだと思いますが、その描き方に疑問を感じるところが多々あります。サイクスもただ凶暴な人間で先生の小説の登場人物としてふさわしくないような気がします。それから……」

「まあ、この小説に関しては、言いたいことはたくさんあると思う。でも、『ピクウィック・クラブ』を書いて人気絶頂になった怖いもの知らずの二十六才の作家がとにかく面白い物語を読者に提供しようと思って書いた作品と考えれば、多少の無理や無茶も許してもらえるだろう。確かに三十七才になって書いた『デイヴィッド・コパフィールド』と比べると未熟なところがあるが、若い頃の情熱、実直さ、正義感といったものが感じられるので自分の作品の中でも特別に愛着のある作品なんだよ」

「そうですか。それとは知らずに軽く見てきました。ごめんなさい」

「いや、いいんだ。わかってくれれば。ところで君が今読んでいる、『ピクウィック・クラブ』の主人公のピクウィック氏をお連れしたので、何か言ってやってくれたまえ」

「あのー、こんにちは」

「こんにちは、小川さん」

「先生、喋りましたよ」

「そうなんだ。これからわたしは生誕二百年まであと八年足らずということで忙しくなるから、代わりに彼に登場してもらうこともあるかと思う」

「そういうわけですので、よろしく」

「こちらこそ」

17

小川はクラリネットの練習をするために最近よく利用する、大井三ツ又交差点近くにあるスタジオに向かって歩いていた。ＪＲ大井町駅を出てしばらく歩いていると向かい側から英国製の高級紳士服を着た友人がにこやかに話し掛けてきた。

「小川さんも何か用事があって大井町に来られたのですね。そうですか、クラリネットの練習に来られたのですね。丁度いい、そこのイタリア料理店に入って、小説以外の話をしませんか。例えば、娘さんのお話なんか……」

「いいですよ。ぼくも相川さんがイギリスに滞在されている間、深美と会われたかどうかも知らないし」

「ええ、何度かお会いしたのですが、深美ちゃんには、自分でお父さんに言うから、手紙には書かないでとお願いしたんです。だから多分深美ちゃんからの手紙には、わたしのことは出て来ないと思うんです」

「ええ、だから気になっていたんです。で、どんな様子でしたか、深美は」

「そう、二ヶ月に一度は一緒にピアノを弾いたりしてました。いや、それぞれが演奏するのを聴いていたという方が正確ですね。深美ちゃんは、モーツァルトやベートーヴェンのソナタが中心でしたが、わたしは、ロマン派、シューベルト、ショパン、シューマン、メンデルスゾーンの作品が中心でしたね。わたしは素人なので、装飾音をいっぱい付けてしまうのですが、深美ちゃんの場合は節度のある演奏と言うか、決して過度に飾ったりはしない。それというのも内面の美しさがにじみ出るようなそんな音が出せるからなんです。中学二年生であの境地に至っているのですから……」

「そんなにお褒めいただいて有難いです。でも、ぼくらの手の届かないところに行ってしまっているので、深美のこれからのことは本人か先生方の意見をそのまま受け入れるしかないですね。要は彼女の人生は彼女のものなのだから親がとやかく言うものではないのですが、何も言えないというのは……」

「ははは、それは心配し過ぎというものです。深美ちゃんは演奏技術だけでなく、人間的にも立派に成長されています。このことについてわたしは太鼓判を押させていただきますよ。近く帰って来られると聞いたのですが、いつですか」

「そう、一週間だけですが、今度の日曜日に帰って来ます。ぼくは、平日は仕事で時間がとれないので、ゆっくりできるのは、帰って来た日と帰る日かな。なんでしたら、食事に同席していただけたら、深美も喜ぶと……」

「いいですよ。じゃあ、帰られる日の昼食なんかはどうでしょうか」

「では、お昼少し前にぼくの家までお越し下さい。それから近くのレストランに出掛けましょう」

小川が大井町のスタジオで練習を終えて帰宅すると、午前零時近くになっていた。小川は玄関の鉄扉を静かに開けて、家の中に入ったが、秋子と桃香は熟睡しているためか、起きる気配はなかった。

〈明日は休みだし、秋子さんにわざわざ起きてもらう必要はないだろう。今日は書斎で寝ることにしよう。相川さんが昼食を一緒にしてくれるというのは、明日、秋子さんに言うことにしよう。相川さんの話だと深美は演奏技術だけでなく人間としても立派に成長しているということだけれど、親の手が届かないところで立派に育てられたと言われてもなんだか実感がわかないなあ。こういうことを帰宅してすぐに秋子さんに話して、彼女なりの感想を聞くのが楽しみだったんだけれど、最近は、仕事がハードなためか、一旦横になると翌朝まで起きて来ない。今日も、こうして声を掛けられないでいるが、自分のわがままばかり押し付けていてはいけないし、まあ、ディケンズ先生から何らかのサジェッションをいただけると有難いのだが……〉

小川が眠りにつくと、夢の中にディケンズ先生が現れた。ディケンズ先生は、クラリネットとピアノを同時に演奏しようとしていたが、うまくいかないようだった。

「先生がほのめかされようとしていることが、なんだかわかりました。あれもこれもと欲張っては駄目ということですね」

「そ、そうだね。でも、わたしも、秋子さんや深美ちゃんのように、楽器がうまくなりたーい」

「……」

18

小川が相川と大井町で会った翌日の朝、少し早く起きて秋子と桃香のために朝食を作ることにした。

〈ご飯は昨晩炊いているようだから、炊飯ジャーのご飯をそのまま使ったらいいな。ではみそ汁と卵焼きを作ってみようかな。えーと、冷蔵庫の中に何かないかな……。若布があるからこれと玉ねぎとをみそ汁の具にしよう。それからいいのがある。辛子明太子があるから、これは食べ易いように包丁を入れておこう。最近は、和風だしがあって何もしなくてもいいだしがでるから、ぼくなんかでもおいしいみそ汁が作れる。おや、桃香が起きて来たぞ〉

「お父さん、朝早くから何をしているの」

「今から、みそ汁と卵焼きを作ろうと思うんだ」

「そう、でもお父さんのおみそ汁は……。あっ、お母さん」

「あら、お父さんが朝食を作ってくれるの。それはありがたくいただかないと。でも、おみその量だけはわたしがチェックさせてもらっていいかしら」

「いいよ。でも他は大丈夫かな。卵焼きはどうかな」

「まあ、卵焼きも作ってくれるの。うれしいわ。そうねぇ、お父さんが了解してくれるのなら、スクランブルエッグに塩こしょうをふりかけるだけにしてくれたら、あとは醤油なりケチャップなりをかけていただくけど」

「了解しました」

「ところで、昨日はクラリネットの練習で帰りが遅くなったんだけれど、帰りに相川さんとばったり出くわしたんだ。相川さんと話をしていて、深美がこちらに帰って来た時の話が出たんだけれど、イギリスに帰る日の昼食は……」

「もしかして、昼食に相川さんも入ってもらうってことかしら」

「わたしは、反対。家族水入らずがいいと思うわ」

「でも、桃香、相川さんはイギリスで深美に親切にしてくれているようだし、ぼくとしては深美が一緒にいる時にお礼を言っておきたい気がするんだ。これからもお世話になることだろうし」

「お母さんはどう思う」

「そうねぇ、深美は相川さんと仲がいいから楽しいだろうけど、わたしたちはお父さんがいる時に久しぶりに会う深美とゆっくり話をしたい気がするし…。そういうことなんだけど、どうかしら」

「そうだな、これからも同じような日程になるだろうから、最初に相川さんに入ってもらうことになるとそれを続けることになってしまうかもしれないなぁ。ちょっと考える時間が欲しいな。明日の朝食まで待ってくれないか」

「そうね、ディケンズ先生なら、いい方法を考えてくれるかもしれないわね」

その夜、小川が書斎で眠りにつくと夢の中にピクウィック氏が現れた。

「ややや、今日はあなたの当番なんですか」

「いいえ、そういうわけではないんですが、今日は先生が忙しいのでぼくが小川さんのお話を聞きます」

「そうですか、それじゃー、相談に乗っていただきたいのですが、久しぶりに帰国する長女の昼食会にお世話になっている方を招くべきか、それとも家族水入らずにして娘の話を家族で聞く方がよいのかということなんですが」

「二者択一ですね。それならぼくの小説の第四章で登場するこの帽子を使いましょう。帽子の天辺が上なら水入らずで、下ならそのお世話になっている方を招くということにしましょう。では投げますよ。せーの」

ピクウィック氏が投げた帽子は、折からの強風に煽られて舞い上がり、側にあったポプラの樹の枝に引っ掛かった。しばらくふたりは帽子を眺めていたが、落ちて来そうになかった。

「こういった場合には、どうなるのでしょうか」

「そうですね。多分、自分で考えなさいということになるんでしょうね」

「……」

19

小川が次の言葉が継げなくてピクウィック氏の後方にあるポプラの樹の枝に引っ掛かった帽子を見ていると、ピクウィック氏がにこにこ笑いながら話し始めた。

「まあ、考えようによっては、娘さんの気持ちを考えないで自分勝手な独善的な行動をするのはよくないということを暗示しているのかもしれませんね」

「じゃあ、どうすればよいのでしょう」

「まあ、相手のことを大切に思うのなら、自分が譲歩するということが必要かもしれませんね。年に一回のことなら、会社も理解してくれるかな……」

「そうか、その手があったな。十年ぶりになるけれど、有休を取ればなんとかなりそうだ……。ありがとう、恩に着ますよ」

「お役に立ててよかった。それでは」

「そうだ、ディケンズ先生は忙しいと言われていましたが、当分はお会いできないのでしょうか」

「安心して下さい。小川さんに寂しい思いをさせないようにすると言われてましたから」

「そうですか。でもたまにならあなたも歓迎しますよ」

「いいえ、先生の生誕二百年の年が終わるまでは、先生の代わりにしばしばあなたの夢の中に出て来ますよ」

「……」

朝、小川が目を覚まして時計を見ると午前八時を過ぎていた。台所に行くと秋子ひとりで、桃香はヴァイオリンのレッスンを受けるために少し前に家を出たとのことだった。

「いつもなら起こしてくれるのに、どうして？　もしかしたら」

「そうよ、小川さんが夢で誰かと話しているようだったから」

「やはりそうか。誰かというとディケンズ先生でないということがわかったの」

「まあ、感覚的なものだけれど、大文豪と言われるディケンズ先生と話す時とは少し違ってたわ。で、今日はその方がアドバイスしてくれたのね」

「そうなんだ。ピクウィック氏といって、ディケンズ先生の最初の長編小説の主人公なんだけれど、ディケンズ先生の小説の他の登場人物は読者それぞれが勝手に頭の中で想像するしかないんだけれど、ピクウィック氏だけは、挿絵などでその容貌が強く印象付けられている。

だから実在した人物のようにぼくの夢の中に出て来ることが可能なんだろう」

「よかった。ディケンズ先生の他の登場人物が次々と夢の中に現れて収拾がつかなくなったらどうなるかと……」

「ははは、それは大丈夫だよ。ところで、昨日言ってたことだけれど、水曜日に有給休暇を取るから、お昼はぼくたちふたりと深美で上野公園にでも出掛けようよ。それから夕方にこの近くで桃香と待ち合わせて、家族水入らずで夕食を食べるというのはどうかな」

「それはいい考えだわ。うまい具合に水曜日はアンサンブルの練習もないし、じゃあ、その日は少し早く起きてお弁当を作るわね。で、仕事の方は大丈夫なの」

「まあ、木曜日と金曜日にたっぷりと残業するさ。土曜日の朝は少し朝寝坊するかもしれない」

「ふふふ、でも、日曜日の朝食は四人揃って取りたいから、早く起きてね」

20

深美がイギリスから帰って来る日に小川は、日曜出勤を余儀なくされた。帰宅すると、秋子、深美、桃香が歓談していたので、小川はほっとした。

〈イギリスでは人と話す機会が減っただろうから、人と話すのが億劫になっていないかと心配していたんだが、そうでもないようだな。おや、この声はアユミさんの声だ。この人にはこれからお世話になるから、仲良くしておかないと……。おおーーーっ、でもあれはもしかして〉

小川が靴を脱いで、茶の間に入って来るとテーブルの上にある銀紙が目に入った。

「お父さん、お帰りなさい。一足お先にみんなでおみやげを食べていたの。チョコレートなんだけど、アユミ先生には大人向けのスコッチウィスキー入りのを買ってきたの。どうしたの、お父さん」

「いやっ、なんでもないんだ。とっ、ところでアユミさんっ、今日はいい天気ですね」

「あんた、何を言っているの。娘が帰って来るというのに、迎えに行くこともできない。それで、父親として……。ふふっ、どうやら、小川さんはわたしがアルコール入りのチョコレートを食べて、大暴れするんじゃないかと恐れているようだけれど、このくらいの量なら心配することないから」

「そうですか、それを聞いて安心しました。ところで、深美、お父さんにもロンドンでの生活のことを話してくれないかな。東京と変わらないということはないんだろ」

「まあ、自分が何を望むかで違うようよ。わたしはとにかくあと数年は音楽漬けの毎日を送って一廉のピアニストになってやると思っているので、他のことにはあまり興味がないの。先生もわたしの気持ちをよくわかってくれていて、夜間や休日の練習にも快く付き合って下さるのよ。まあ世間知らずの優等生にならないように同級生とのお付き合いは十分にしているけれど……」

「友人なんかはどうなの」

「お母さんは東京にいる時のわたしをよく知っているでしょ。友達付き合いを大切にしているということを。それに周りにいる子はみんなクラシック音楽に興味を持っているから、わたしがピアノを弾き始めるとニコニコしながら耳を澄ませて聴いてくれるわ」

「じゃあ、今のところ別に不自由はしていないの」

「そうね、あえて言うなら相川さんかしら」

「相川さん……」

「わたしがイギリスに行ってしばらくして相川さんがわたしのところにやって来て、いろいろ教えて下さったの。ホームシックにならなかったのも、イギリスでの生活に困らなかったのも、ピアノの勉強に専念できたのもみんな相川さんのおかげなの。月に一度、相川さん宅にお邪魔するのが楽しみだったのよ。奥さんもお嬢さんもいい人よ。最近、帰国されて少し寂しいけれど、今では同年の友人もたくさんいるから」

「そうそう相川さんと言えば、今度の日曜日の昼食に相川さんをお招きしているんだ」

「そう、イギリスに帰る日の昼食ね。うれしいわ。お会いするの久しぶりなんですもの」

「ねえねえ、お姉さん、これからわたしたちの前でピアノを弾いてみせてくれないかな」

「いいわよ、桃香。アユミ先生、それからお父さんとお母さんも一緒に聴いてくれる」

「喜んで聴かせてもらうわ。で、何を弾いてくれるの。モーツァルトそれともベートーヴェン」

「何でもリクエストして、彼らのピアノ曲なら全部暗譜で弾けるから」

「うーむ、凄すぎる」

21

深美が演奏するのを目を閉じて聴いていた小川がふと目を開くと、秋子がクラリネットを、桃香がヴァイオリンを取り出して演奏の準備をしているのが目に映った。深美がベートーヴェンの「田園ソナタ」（ピアノ・ソナタ第十五番）を演奏し終えると秋子が話し掛けた。

「マエストロ、わたしたちと共演していただけませんか」

「いやだわ、お母さんたら、もちろんそういうリクエストもあると思って練習はしてあるんだけれど、それでいいかしら。そう、ありがとう。それじゃー、お母さんは、ブラームスのクラリネット・ソナタ第二番……」

「ねえねえ、お姉さん、わたしは、お手紙で言っていたでしょ」

「ええ、わかっているわ。ベートーヴェンの「春」（ヴァイオリン・ソナタ第五番）の第一楽章だけね」

「そうそう。わたしが先に演奏していいかしら、お母さん」

「もちろんよ」

秋子と深美が演奏し終えると途中から聴衆に加わった大川が、ブラボーと言いながらヒンズースクワットを始めた。それを見たアユミはすかさず、夫の鳩尾にパンチを入れた。夫は、ぐぇっと言って膝を落とした。

「あなた、こんなところで、筋トレをするなんて非常識よ。一家団欒にお邪魔しているだけでも、いけないことなのに」

「そう言うけど、お前、わたしも深美ちゃんがどんなに立派になっているか見たいんだよ。子供ふたりをお隣にあずけて来たから、もう少しいていいだろ」

「わかったわ。でもここで筋トレはしないと誓って。盛り上がった雰囲気が一遍に台無しになるから」

「わかったよ」

「そうそう、わたし、アユミ先生のご主人（こういう言い方に慣れているので許してね）のためにも一曲用意しているの。わたしの伴奏で歌われませんか」

「何という曲かな」

「シューベルトの「君はわが憩い」という曲なの」

「それなら、今すぐでも歌えるよ。準備はいいかい」

「ふふふ、じゃあ、楽譜を準備するから少し待っててね」

アユミと大川は、子供のことが気になると言ってそれからしばらくして自分たちの家に帰っていこうとしたが、深美は玄関までアユミを追いかけていき話し掛けた。

「今日しか会えないのは本当に残念だわ。先生にはもっと感謝の気持ちを……」

「わたしも朝から晩まで、深美ちゃんを独占したいけど……。でも、一週間なんてあっという間だから、せいぜい両親に甘えておきなさい。いざという時に力になってくれるのは両親なんだから、あなたのよい印象を心に留めてもらうようにしないといけないわ。

さっき、演奏を聴かせてもらったけれど、予想以上に上達、そんな言葉で言うのがおかしなくらい、しているから、人前で演奏する日も近いんじゃないかしら。でも決して焦らないで、一旦人前で演奏するようになると、練習する時間がなかなか取れなくなるから。今のうちにたっぷり練習しておいて。ねえ、あなた」

「そうだよ、ぼくがアユミのパンチで失神しないのも、日頃からヒンズースクワットと腹筋を欠かさないからなんだ」

深美は、ありがとう、先生と言ってアユミの胸に飛び込んだ。

22

小川は秋子と娘ふたりが和室で寝ると言ったので、書斎で眠ることにした。布団を敷いているると深美がやって来た。

「お父さん、どんな一週間になるか楽しみにしているのよ」

「ははは、こちらこそ。実は、お父さん、今日みたいに何回か深美の演奏が聴けると思っていて、それがとても楽しみなんだ」

「というと、今日以外にも演奏できるの」

「今のところ、明々後日に有休を取ったから、お母さんと三人で出掛けることになっている。その時にどこかのスタジオを借りて……」

「それから出発の日の昼食後もどこかのスタジオを借りるの」

「その時は、相川さんがよく利用するお店を借り切って、軽食をとりながら楽しく過ごすことになっているんだ。相川さんのピアノはもちろん、お父さんのクラリネットも聴いてもらおうと思っている。そうしてみんなで音楽を楽しんでから、深美を空港まで送っていこうと思うんだ」

「みんな何を演奏するのかしら」

「それは、もちろん深美が気に入ってくれそうな音楽をそれぞれが一所懸命演奏するわけだが、聴くまでのお楽しみというところかな。アユミさんは子供の面倒を自宅でみないといけないから不参加だけど、その分ご主人が、ひとり二役で頑張ると言っていたなぁ。お父さんも、ご主人に負けないように頑張るよ」

「本当にありがとう。お父さん」

深美が和室に行くと小川は明日に備えてすぐに布団をかぶって眠りについたが、すぐに夢の中にディケンズ先生が現れた。

「やっと、わたしの出番だ。陽気に行きましょう。小川君、久しぶりだね」

「先生、本当にお久しぶりです。どうしていらしたんですか」

「表向きは生誕二百年を間近に控えて忙しいということにしているが、本当のところは最近君がわたしの著作を読んでくれていないということが原因なんだ。最近君は、ユゴーの『レ・ミゼラブル』を読んでいて、次は最近、風光書房で購入した、ブロッホの『ウェルギリウスの死』を読もうとしている。確かに『ドンビー父子』や『ニコラス・ニクルビー』は入手しにくいだろうが、いくつかの図書館で『ドンビー父子』は借りられるし、近く『大いなる遺産』の新刊も出る予定だ。だから……」

「よくわかりました。何とか先生の作品を読む時間を作りたいと思います」

「是非、そうしてくれたまえ」

「ところで、先生、生誕二百年に何かされるのではないのですか。そのようにおっしゃっていたので楽しみにしているのですが」

「小川君、よく聞くんだ。前にも言ったことがあるように、わたしは君の脳の中の住人に過ぎない。もしわたしがそうなってほしいと願っても、わたし自身ではどうすることもできないのさ。でも小川君がその気になれば、何だって可能になる。例えば、テムズ川沿いにいっぱい支柱を立ててその間に「祝ディケンズ生誕二百年」と書かれた横断幕を張り、その前でわたしの本の朗読会なんかをしてもらえると、賑やかなことが好きなわたしにとっては願ってもないことなんだが……」

「そうですか。どうなるかはわかりませんが、心に留めておくことにします」

「よーし、その意気だ。頼んだよ」

「はい」

祝ディケンズ生誕200年

23

小川は、秋子と深美と三人で出掛けることになっていた日の朝、深美の声で目を覚ました。

「お父さん、そろそろ起きてね。今日はハードスケジュールなんだから」

「そうかい。行き先はふたりに任せていたけれど、どこに行くことになったんだい」

「お父さんとお母さんの懐かしい思い出の場所に行こうと思っているけれど、遊園地や渋谷や原宿のような賑やかなところにも行ってみたいな。でも一番は……」

「深美はいろいろ行きたいところはあるだろうけれど、お父さんの体調を考えるとあんまり無理をしない方が……」

「ああ、お母さん、もちろんわかっているわ。今日のお仕事をその前後でこなさないといけないから特に明日と明後日のお仕事が大変だというのは」

「だったら、こんなに早くお父さんを起こさなくても」

「そうね。ごめんなさい」

「いいさ、楽しみにしてくれているのがよくわかるよ。ところで最初はどこに行く」

「そうね、東京駅かしら」

「東京駅で何かやっているのかい」

「ある人たちと約束しているのよ」

三人が東京駅のホームに上がるとすぐに上りののぞみがホームに入って来た。

「えーと、この電車の八号車だったわ。あ、いたいた」

小川と秋子が深美の視線の方に目をやると秋子の父親と深美の才能を見出したアユミのピアノの恩師がのぞみから下車するのが見えた。深美が駆け寄ると祖父は満面の笑みで応えた。

「帰国しても、忙しいので会えないと思っていたけれど会えてよかった。深美が先生に会いたいと言っていると伝えると、今日の午前中なら時間が作れると言って下さったんだよ」

「おふたりが来られるとは思いませんでしたよ。先生とは遠く離れているのをいいことに手紙のやり取りだけで済ませていた。深美は直接会ってお礼を言わなければ、礼を失すると考えたのでしょう。本当にあの時はお世話になりました。今、こうして立派になったのも……」

「いえいえ、われわれは才能を見つけるだけで、後のことは本人次第なんです。才能を見出しても必ずしも開花するとは限りません。でも才能があるのに、それを伸ばすチャンスがないというのは悲しいことです。深美ちゃんが、大川アユミという優れたピアノ教師に出会えたのは幸運だったと言えるでしょう、子供の無限の力を引き出す術を心得ている教師に。少しのヒントを与えただけで、ピアノのタッチ（音色）を極めたり、暗譜することの大切さを知ったり、自分のスタイルで超絶技巧や即興演奏をしたりできるようになった。これらはすべて彼女があなた方の娘さんの眠っていた才能を見出して、大切に育てたおかげだと言えるでしょう」

「先生がおっしゃる通りだわ。でも、今、イギリスでなに不自由なく音楽を学べるのは先生のおかげです。その感謝の気持ちをこうして直接伝えたくて、今日は少し無理をお願いしてしまいました。ごめんなさい」

「なあに、どうせヒマなんだから……。こんな話ならいつでも言って下さい」

「わたしも孫にこうして会えたんだから、むしろ感謝したいくらいですよ。あとは親子の貴重な時間を侵さないようにしないと……」

「せっかく、お越しいただいたんですから、一緒に昼食でもいかがですか」

「そうですね。でも、昼食をご一緒したら、我々は浅草にでも行きましょうや」

「浅草ですか。いいですねー」

24

昼食後、小川は秋子の父親とアユミの恩師に、上野駅まで一緒に行きましょうと言ったが、ふたりは、自分たちで浅草までの最短の道を探すからかまわないでくれと、笑いながら雑踏にまぎれて行ってしまった。

「せっかく、京都から新幹線で来てもらったのに、悪い気がするなぁ。今度は自宅に来てもらってゆっくりとしてもらおう。ところで深美、今度はどこに行くんだい」

「次は、御茶ノ水の……」

「ああ、やっぱり、風光書房だね」

「残念でした、わたしが行きたいのは楽器店で、そこの試奏室でお母さんの演奏を聴かせてもらおうと思って。楽譜は持って来たわ」

「ちょうどよかった。お母さんも、最近発売されたマウスピースを買おうかなと思っていたところなの。購入するからと言えば、しばらく吹かせてもらえるわ。あなたも吹かせてもらったらどうかしら……」

「わたしは、お母さんの演奏が……」

「ぼくは今度の日曜日に吹かせてもらうから、今日は君が深美のために」

「そうね。ここでどんな感じでわたしが小川さんのために愛情を込めてクラリネットを吹いたかが肝心なのよね」

「そうなの。そこが問題なの」

「どうだった？　おふたりために心を込めて吹かせてもらったけど……」

「うーん、こういうのもいいね。なにか耳元でやさしく囁いていてくれているようで」

深美はしばらく腕を組んで考え込んでいたが、母親の肩に手を置くと
「こういうことはピアノではできない。でも、ピアノにはピアノのいいところがあるわ。ほんの少ししか聴いてもらえないのが残念だけど、今度の日曜日にわたしが……」

「そうね、みんなで楽しい一時を過ごしましょう。もちろん、輪の中心は深美で」

「それじゃー、次は名曲喫茶に行くとするか」

「それって、お父さんの行きたいところじゃないの」

「わたしも一度行ってみたかったんだ」


名曲喫茶ライオンを出て、道玄坂を下って渋谷駅に行く途中で小川は秋子と深美に笑顔で話し掛けた。

「ふたりともびっくりしたようだね。気に入ってくれたかな」

「この前に来た時よりずっと音が良くなっていたわ。あれだけ大きいスピーカーだと交響曲、協奏曲、管弦楽曲なんかはほんとにすばらしい音がするわね」

「わたしは、ピアノもいいと思うわ。次に来るのがいつになるかわからないけれど、今度来た時はわたしもリクエストしようかな」

「レコードは何度も編集していたり音色を変えたりしているけれど、その音が心地よいものであるなら問題ないと思うんだ。生の音は自然で聞き飽きないけれど、完成度の高い演奏を

手軽に楽しめるのはやはりレコードになる。今の時代は、音楽をヘッドフォンで楽しむ時代になっているけれど、たまには耳をオープンにして流れている音楽に耳を傾けるようにして聴くのがいいんじゃないかな。風の音も、自然の音も、鳥の鳴き声も、子守唄も、ラジオから聞こえるＤＪの声も自然に耳に入って来るんだから、音楽もそうして聴くのが一番いいように思うんだけど……」

「まあ、時と場合によるわね。でも、たまにはこういうところで聴いてみるのもいいわね」

「じゃあ、あとは高円寺のおいしいおそば屋さんに寄って帰るか」

「わたしは、駅前のケーキ屋さんにも行きたいな」

「そうね、桃香におみやげを買って帰ろうか」

「ふたりともお疲れのところ申し訳ないけれどもうひとつ……」

「わかってるって、名曲喫茶ヴィオロンでしょ」

25

小川は名曲喫茶ヴィオロンの入口の手前で立ち止まり、秋子と深美に微笑みかけた。

「やっぱりここは外せないね。だってお母さんとのより親密な交際が始まったのも、ここでのコンサートが切っ掛けだったんだから。みんなで楽しいライヴもしているし。そうそうアユミさんとの中身の濃いお付き合いも、ここでのコンサートが齎したものだ。最近自分が小説家になるとアユミさんご夫婦にここで宣言している。

「まぁ、立ち話はこのくらいにして、中に入りましょう。入ってすぐ右側のテーブルなら、少しくらいは話せるでしょ」

「そうだね。でも、桃香も待っているし、ぼくのリクエストを最後まで聴いたら、家に帰るとしよう」

マスターが注文を取りに来たので、三人はそれぞれ注文した。マスターが、リクエストは入っていませんと言ったので、小川は、いつものあれを頼みますと言った。

「お父さん、いつものあれって……」

「もうすぐかかるから、ちょっと待っていて……。ほら、始まった」

「ああ……。この曲ならよく知っているわ。ブラームスの弦楽六重奏曲第一番ね。両端の楽章がのどかな田園風景を彷彿とさせるけど、第二楽章は女性の好きな男性への熱い想いを強く感じさせる美しい曲だわ。カザルスのチェロの音が聞こえる。アナログで聴くと本当にすばらしいわね。カザルスはバッハの無伴奏チェロ組曲やドヴォルザークのチェロ協奏曲のソロ演奏で有名だけれど、たくさん弦楽器やピアノと共演をしているわ。お母さんは、コルトー、ティボーと共演したメンデルスゾーンのピアノ三重奏曲第一番も好きだわ」

「わたしはもっぱらピアノの独奏曲を練習してきたから室内楽のことはあまり知らないの。

これからはそういうのもやってみたいわ。そうだ忘れていた、お母さん、アンサンブルを始めたのね。どう、うまくいってる？」

「まだ始めたばかりなの。みんなで一所懸命練習しているわ。けど、お父さんの小説執筆と同じで暗中模索して進めている感じ。けれどふたりには心強い味方がいるから」

「わたし、誰だかわかるわ。お母さんにはアユミ先生、お父さんには相川さん。おふたりはわたしにとっても大切な……」

「そうよ、深美は、アユミさんご夫婦、相川さん一家、アユミさんの恩師とたくさんの方たちが支えて下さっているわ。これからもお世話になるんだから、今度の食事会できっちりお礼を言っとかないといけないわね」

「もちろん、それは考えてあるから、安心して」

「ほんとにしっかりしているわね。どちらに似たのかしら」

「君に決まっているじゃないか。常に先のことを考えて計画的に行動している。ぼくなんか次の次の日曜日に相川さんに小説を添削してもらわないといけないのにまだ一行も書いていないんだ。相川さんの小説はユーモア小説だけれど、ぼくはシリアスな小説を書いてみようかなと思っているんだ」

「お父さんは真面目なことばかりを考えると、お尻がむず痒くなるんじゃないかしら。そうして小説を書くどころではなくなるとわたしは思うの。やっぱり、愉快なキャラの人を登場させて、読者を楽しませる小説がいいんじゃないかしら」

「それもいいけど、ぼくは、シリアスな小説に挑戦してみたいんだ。ユーモア小説で相川さんを越えることは無理だろうし」

「そうかもしれない。でも、わたしは……」

「ふふふ、そういう頑固なところはお父さんに似ているわ。とりあえず一作目はお父さんが思う通りに書いてもらって……」

「そうね。でも、いつかわたしたち家族も書いてほしいな。愉快で楽しい家族が出てくる小説を。本になったら永遠に残るし……」

「それはお父さんも考えていることなんだ」

26

午後八時過ぎに小川たちが帰宅すると、桃香が玄関口で心配そうな顔をして話し始めた。

「さっきアユミ先生が家に来られたの。アユミ先生は、ご主人が腹筋を痛めたので今度の日曜日は自分が出席すると言われていたわ。はっきりと聞かなかったけれど、今度の集まりで大きな声で歌えるようにといつもより……」

「いつもの三倍の時間を掛けて腹筋をしたというのかい」

「いいえ、それだったらまだよかったんだけれど、お仕事が忙しいので同じ時間で三倍の腹筋をされていたらしいの」

「そ、それは、合理的な考え方と言えるかもしれないけれど……。で、ご主人は……」

「お医者さんに診てもらったら、しばらくは無理しないで安静にしていた方がよいと言われたようで、今度の日曜日は自粛したいので代わりに出てくれとアユミ先生に言われたようよ」

「そうか、それはよかった」

「……。それはもう一言言ってからの方がいいと思うけど。こんなふうに、『けれど、アユミ先生は気にしなくても大丈夫よ』と言われていたわ」

「そうか、それはよかった」

四人がテーブルにつくと秋子が話し始めた。

「でも、今度の集まりは賑やかになるでしょうね。アユミさん、相川さん、深美のピアノ、お父さんとわたしのクラリネット、それから桃香のヴァイオリン。わたしは今日楽器店で深美に聴いてもらったので……」

「お母さん、そんなこと言わないで」

「まあ、三人揃って手を合わせてどうしたの。だってせっかく相川さんが演奏して下さるんだし、深美が成長した姿を見るのとこのふたつが中心に来るので、アユミさんや桃香、お父さんとわたしは脇役なの。時間が限られているし有効に使わないと」

「そうだね。予定では、相川さんにショパンの曲を三十分、深美にベートーヴェンとモーツァルトの曲を一時間、他のメンバーで残り一時間と考えているけれど、せっかくアユミさんが来てくれるのだから三十分くらいは割り当てないと。

桃香もお姉さんの前で演奏したいだろうし……。だから、お父さんとお母さんは最後に少しだけ演奏させてもらうよ」

「わかったわ。本当に今度の日曜日が楽しみだわ」

小川が書斎で布団を敷いて横になると、しばらくしてディケンズ先生が夢の中に現れた。

「深美ちゃんが帰って来て、賑やかにやっているね。こういうのが至福の時というのだろう。深美ちゃんがロンドンに帰るまでのわずかの時間だが、楽しむといいよ」

「そうします。でもそれまでの三日間はしっかり仕事をしないといけないので大変です」

「まあ、孤独に戦っているわけではないのだから、頑張れると思うよ。きっと秋子さんも思いやりのあるところを……。そうだ、わたしから小川君にお願いしたいことがあるのだが
……」

「リクエストですか」

「そうなんだ。前にもリクエストしたことがある、「春の日の花と輝く」なんだが……」

「でもそれは、女性から男性に永久（とこしえ）にわたしを愛して下さいというメッセージ

ではないのですか」

「まあ、そこを君の雄弁術で一家の主から家族に対しての愛情溢れたメッセージにしてほしいわけだ。歌は歌詞によって伝えることが限定されるが、インストゥルメンタルの曲はメッセージが出ない。曲の前にこういった気持ちを込めて演奏すると言えばそれが自分の伝えたいメッセージになるわけだ」

「なるほど、よくわかりました。やってみます」

27

アユミと小川とその家族がＪＲ高円寺駅からそう遠くない名曲喫茶に行くと、既に相川は来ていた。

「やあ、みなさんお揃いですね。リクエストしていて、途中で出るのはよくないですからもう少しお付き合いいただいていいですか。入口のところで飲み物のチケットを購入されてこちらに来て下さい」

「シューマンの「クライスレリアーナ」ですね。しかもアシュケナージの。意外だな、ショパンじゃないのは」

「そうかもしれませんね。でもこの演奏は大好きで、あちこちの名曲喫茶に持ち込んで掛けてもらっているんですよ」

「そうですか。でも、この後夜七時の飛行機で深美はロンドンに戻らないといけないので、あまり時間がないんですよ」

「じゃあ、これが終わったらすぐに出ましょう。今から行く店はこの近くです」


六人が食事を終えると、相川はピアノの横に立って話し始めた。

「みなさん、昼食を終えられたようなのでそろそろ音楽会を始めましょう。前座でわたしがショパンのノクターンをいくつか演奏させていただき、その後、本日の主役、小川深美さんのベートーヴェンとモーツァルトの演奏をお聴きいただきます。続いて大川アユミさんの、おお、これは……」

「どうしたんですか。相川さんらしくない」

「いや、演目を書いてもらったメモを今読んでいるのですが、大川さんが「クライスレリアーナ」を演奏すると書いてあってとても楽しみで……。それに桃香ちゃんは、バッハの無伴奏ヴァイオリンのためのパルティータ第二番から「シャコンヌ」を演奏すると書いてあるし」

「おじさん、違うのよ。ただ独奏曲でいいのがなかったから、とりあえずこの曲を選んだだけ。でもこの曲を完璧に弾きこなせるようになるのが、今のところのわたしの目標なの」

「そうか、自分が打ち込める曲ができたんだね。期待しているよ。それから小川さんの奥さんは……。ブラームスのクラリネット・ソナタ第二番の第一楽章だけを。そして小川さんにはこの演奏会のトリを飾るということで、「春の日の花と輝く」を最後に演奏していただきます。では、わたしの演奏をしばらくお聴きいただきましょう」

相川は椅子に腰掛けピアノに向かうと、最も有名なノクターン第二番変ホ長調Op.九-二の演奏を始めた。

小川は昨日の仕事が深夜に及び本日未明の帰宅となったため、相川の心地よいピアノ演奏を聴いているといつしかディケンズ先生が待つ夢の世界に引き込まれていった。

「やあ、よく来たねと言いたいところだが、何があってもここは相川さんの演奏を聴いてあげないと駄目だよ。だから少しアユミさんに……」

「えーーーーっ、起きます。起きます。だから、百獣の王を刺激しないで下さい」

小川は急いで腕の輪の中にうずめていた顔を上げ、何事もなかったかのように相川の演奏に耳をやったが、そうすると対面のアユミと向かい合うことになった。アユミは二度と居眠りをしたら許さないわよということを伝えようとして掌を合わせて右頬の横に持って来た後、左の力こぶの上に右手を乗せて威勢よく左肘を折り曲げて、小川を威嚇した。

28

相川は演奏を終えるとピアノの横に立ち、深美に「こっちに来て」と呼び寄せた。

「本当にしばらく見ないうちに立派な演奏家になって。今度会うときはどうなっているんだろう」

「さあ、それは。でも、相川さんのような素敵な男性を見つけて……」

「ははは、そこは、お父さんのようなと言わなければ……」

「それより、深美、相川さんにお礼を言っておかないと駄目だよ」

「そうだわ、わたしは、ここにおられる、アユミ先生、相川さんには本当にお世話になりました。こうして好きな音楽を続けられるのもアユミ先生、相川さんそしてわたしの家族をはじめたくさんの方々のご支援のおかげであると思っています。不束な者ですが、今後とも皆様方のご支援を受けて精一杯頑張っていきたいと思っています。よろしくお願いします」

「それでは、早速、お聴きいただきましょう。リスト編曲のピアノ版ベートーヴェンの田園交響曲とモーツァルトのピアノソナタ第十一番「トルコ行進曲付き」を続けてどうぞ」

〈このリストの編曲は、グレン・グールドが第一楽章だけを演奏したレコードもあるけど、シプリアン・カツァリスが録音した全曲盤の方をよく聴いたな。そう言えば、深美はなぜかこのレコードを掛けてくれとしばしばせがんでいたっけ。モーツァルトやベートーヴェンのソナタのようにオーソドックスな曲だけでなく、このような超絶技巧を必要とする難曲を軽快に弾きこなせるのだから……。でも、高校生でこのレベルに達したら次は何を目指すのだろう〉

自分の出番を終えた深美が小川のところにやって来た。

「お父さん、どうだった」

「すごくよかった。でも……」

「どうしたの」

「ベートーヴェン、モーツァルトのソナタを美しく弾いて、しかも超絶技巧の曲も難なく弾ける。この上何をする必要が……」

「そうかしら、まあそれは、アユミ先生の演奏を聴けば、自然とわかってくるんじゃないかしら」

アユミの演奏はいつものように力強いものであったが、独特の解釈の味わい深い演奏でもあった。

「うーん、何となしにわかってきた気がする」

「今からわたしが言うことは蛇足に過ぎないけど、要は音楽は長い年月を掛けて磨き上げられたものがすばらしいということ。わたしのように音楽学校に通う人たちは音楽理論や奏法を身につけようとして頑張り、才能がある人は栄誉を与えられたりする。でも本当はそこからどれだけ成長できるかなの。学校で身に付けたものをそのまま演奏しただけでは決して面白いものにならないということを、わたしはたくさんの卒業生の演奏を聴いて知っているの。だから自分の演奏を興味深いものにするために自分で考えないといけない。方法としては、さらに音楽理論を深めていく、聴衆の反応を参考にしながら自分の音楽を極めていく、家族との語らいの中で地味ではあるけれども少しずつ自分の好きな音楽を作っていくというのがあるけれど、いずれの場合も時間がかかることに違いはないわ。わたしはこれから一番目から二番目に移行するんだけれど、お母さんは一貫して三番目ね。でもお母さんの方法もすばらしいと思うわ」

「そうだね。アユミさんの演奏が終わったから、桃香の演奏だな。どんな演奏になるか楽しみだな」

「そうね」

29

桃香がたどたどしいながらも要所を押さえた演奏を終え、秋子が明るく爽やかなクラリネットの音色を響かせている時、小川は相川に話し掛けた。

「もうすぐぼくの演奏が始まりますが、みんなのように長い演奏はできません。中学生が縦笛を演奏するように楽譜に書かれているメロディーを二回吹くだけです。ただ、その前に少し話をしたいので……」

「わかりました。ああ、やっとわたしの妻がやって来ました。家事を片付けてから来ることになっていたのですが、時間がかかったんだな。おーい、遅かったじゃないか。深美ちゃんのソロ演奏は終わったし、お母さんとの共演ももうすぐ終わってしまう」

「ごめんなさい。深美ちゃんと桃香ちゃんに何を贈ろうかと迷っていたら、あっという間に一時間が経過してしまって……」

演奏を終えて、横で話を聞いていた深美が話に加わった。

「おばさん、そんな気を使わなくていいのに。時間があれば、お父さんの演奏の後で演奏させていただくわ。シューベルトの即興曲のどれかを」

「そういう心遣いは有難いけど、時間が……。それでは、そろそろ、小川さん、始めて下さい」

「わかりました。今日は、深美を励ますために時間を作っていただきありがとうございました。深美はまだまだ学ばなければならないことがあるのですが、しばらくすると人前で演奏する、つまりプロの演奏家になるわけで、ピアノを始めて十年も経たないうちにこのような技術を身につけられたのはひとえにアユミさんのおかげだと思います。またアユミさんのご主人にもいろいろお世話になりました。

相川さんには、ロンドンに留学したばかりの深美を家庭に招いていただき心の支えになっていただきました。娘からもお礼の言葉がありましたが、わたしからも大川さんご夫婦、相川さんご夫婦には心からのお礼を申し上げます。

さて、話は変わりますが、今日の音楽会はいかがでしたでしょうか。演奏が素晴らしければなおよいのですが、何かを伝えようとこのように人々の面前で自分の日頃から培った技を披露するのは有意義なことだと思います。だから、今からわたしも演奏させていただきますが、たとえそれの出来が良くなくてもそれまでの努力を認めてあげて下さい。日々精進を重ねていても結果をうまく出せない人もたくさんいます。世の中に天才と言われる人はそんなに多くないと思います。だからこういった集まりではみんなで賑やかに楽しく過ごすということが大切だと思います。

こういった音楽会は十六、七年前にアユミさんと秋子のコンサートをわたしが手伝ったのが始まりなのですが、これからもこういった楽しい音楽会を続けていけたらと願っています。今から「春の日の花と輝く」をお聴きいただきますが、この曲はその最初のコンサートで秋子がわたしのために心を込めて演奏してくれた曲なのです。十六年経過した今、今度はわたしから永久の愛を皆様の面前で秋子に誓うためにこの曲をクラリネットで演奏したいと思います。これからもわたしの家族、秋子、深美、桃香をよろしくお願いします。なお、時間がないのでわたしの演奏に続いて深美のシューベルトの即興曲の演奏をお聴きいただきます。では……」

深美がシューベルトの即興曲Op.九〇-二の演奏を終えると、みんながピアノの周りに集まった。

「どうだった。楽しかった?」

「ええ、言葉で言い表せないくらい。でも、今度、こうして演奏するのは……」

「それはこの前にも言ったけど、年に一度はこちらに帰って来てライヴをするんじゃやなかったかな」

「そうね。アユミ先生が言われるように年に一度はお里帰りして、近況報告はしないとね」

「わかったわ、それじゃー名残惜しいけれど、そろそろ空港に行きましょうか」

30

深美を空港で見送り、帰宅したばかりの三人のところに大川が訪ねて来た。

「今日は行けなくて残念でした。でも、来年こそは……」

「そうですね。深美が、毎年帰って来ると言ってくれたんで、わたしたち家族も一安心というところです。来年こそはご参加下さい」

「そうですね。その時はアユミと共に参加させていただこうと思います。ところで、さっきアユミが話していたんですが、小川さんは仕事で疲れていたのか、相川さんの演奏が始まってすぐに居眠りを始めた。やさしく起こしてあげようかと思っていたところ、顔を上げて音楽を聴き出した。それで思いとどまったと」

「そ、それでは、あの時にもしあと十秒顔を上げないでいたら」

「そうですね、その場合、アユミはすばやく小川さんのそばに駆け寄り、天井に投げるかパンチの嵐を浴びせたでしょう。アユミは音楽を神聖なものと考えていて、襟を正して静聴するべき時にそうしない人は許さないと日頃から言っています」

「……」

「まあ、それはさておき、次の次の日曜日には相川さんと一緒に小川さんの小説を拝聴するわけですが、準備は進んでいますか」

「そ、それは……」

「まさか全然書いていないと言うんじゃあないでしょうね。今日のことに加えて小説が書けなかったということになるとアユミも黙っていないと思います。そうそうアユミが、小川さんが自分の小説を朗読するのを是非聞きたいと言ったので、この前相川さんにそのことを伝えたところ、いいですよと言っていたので今度の集まりに連れて行くつもりです」

「えっ――――。それだけは……」

「今から言われることは、アユミにそのまま伝えます。それだけは……」

「それだけは、とても楽しみだなぁ」

「うーん、少し変ですが、そのまま伝えることにします」

小川は書斎に布団を敷いたが、すぐには寝付けなかった。

〈土曜日に休日出勤して深夜まで仕事をしたので、明日からはいつものペースで仕事をすればいいんだが、小説を書くことを忘れていた。どうしようか。相川さんが指導して下さるのに、準備していませんというのも失礼だし、アユミさんを激怒させたくないし……。心配だな。でもなんとかなるだろう。すやすやすやすや〉

眠りにつくとすぐにディケンズ先生が現れた。

「やあ、小川君、今度の集まりが楽しみだね。どんな小説を書くか決めたのかな」

「先生、実のところ、困り果てているのです。先生のようにペン先から文字が迸るように小説が書ければいいんですが……」

「誰がそんなことを言っているのかな、小説が容易く書けるなんて。ところで小川君の場合も自分の体験に基づいた小説を書くか、それまでに読んだ小説を自分の中で消化して文にするかどちらかになると思うが、今から本をたくさん読んで消化し独創的な小説を作るには時間が足りないと考えると取るべき道が見えてくるだろう。中学生の頃のことを書くと決めたのだから、まあ、自分の中学生、高校生の頃の辛かったことを思い出して文章にし、そこに小川君らしさを出せば、小川君の書きたいシリアスな小説ができるんじゃあないのかな。まあ今度の土曜日は家族の許しを得て一日中机に向かっているといいよ。そうすれば……」

「そうですか、でも、ぼくは、「春の日の光と輝く」を演奏したので、先生からのプレゼントを期待していたのですが……」

「そうだったね。でも、とりあえずは、小川君がどうするかを見てみたい。プレゼントはそれからだ。天才ではないのだから、最初からうまくはいかないさ。君の汗が感じられる小説なら、アユミさんも耳を傾けてくれることだろう」

「……」

31

小川、相川、大川の三人はいつも都立多摩図書館前で待ち合わせたが、今回からアユミが加わることになったので、小川と大川が住むアパートの近くの喫茶店でいつもの講義をすることになった。席に着くと大川が話し始めた。

「今日は気を使ってもらってすみません。アユミは相川さんのピアノの隠れファンなのですが、講義も聴きたいと言っておりましたところ、前回から小川さんが自作の小説を披露していると聞きまして、もうこれは何があっても行かなくてはと思うようになったと……。そうだな」

「ええ、そうよ。相川さんは期待を裏切らないと思うけど、小川さんはどうかしら」

「ぼくは……」

「ふふふ、小川さん、あまり気にしないでいいのよ。だって今日はひとつのことを始めたということに意義があるわけで今日ここで結果を出せと言っているわけではないのよ。まずスタートラインに立って走り出す。これから先の頑張りようで、いずれ結果が出てくるとは思うけど、今日はひとつのことを始めたということをみんなに示すだけでいいと思うわ。それじゃあ、相川さん、進めて下さい」

「わかりました。では、この前の時にも話したように、まず、小川さんが自作の小説を、タイトルは「蒼いノクターン」でよろしいですか、そうですか、読んでいただく。そのあとそれに対してわたしがコメントし、それからわたしの講義に移るという順番でやっていこうと思います。では、小川さんからお願いします」

「それでは、「蒼いノクターン」をお聴きいただきますが、正直なところ量的にみなさんの満足できるものではないと思います。それでも時間の許す限り取り組んだものなので、今のわたしが精一杯頑張って書いたものと言えると思います。

『わたしが中学生の頃の一番の楽しみは、ラジオから流れ出る音楽だったのかもしれない。確かに友人と他府県にまで行く旅行をしたり、映画を観に行ったりしてわくわくする時を過ごすことはあった。が、ラジオほど身近なものでなかったし、第一それほど裕福でない中学生のわたしにとっては旅行や映画は多くても月に一回しか行けず、決して日頃の楽しみにはなり得なかった。ラジオは短波放送で海外の放送を聴いたり深夜放送でＤＪの楽しい話を聞くこともできたが、わたしは専ら、音楽をリクエストする番組や高音質で外国の音楽を聴かせてくれるＦＭ放送を好んで聴いた。その日の午後も二学期の中間テストが終わって解放的な気分になって、自宅での昼食を終えると自分の携帯ラジオを持ち出して近くの公園に行きラジオをつけた。その日は丁度、ＦＭ放送でポール・モーリアの特集をするということを新聞で見て知っていたので、その放送局にダイアルを合わせた。丁度特集が始まったところで、今日は、「恋はみずいろ」「エーゲ海の真珠」「涙のトッカータ」「真珠とり」「蒼いノクターン」「オリーブの首飾り」がかかるとアナウンサーが話していた。わたしはいつものように藤棚の下にあるベンチに寝そべると耳の側にラジオを置いて、うたた寝を始めた。

するとと声がした。「こんなところでうたた寝をしていると風邪を引くわよ。だってもう十月なんだから……。あっ、これいい曲ね。なんというの」わたしが起き直って、声がした方を見ると同級生の絵美子だった。わたしは、思いがけないことにしばらく顔を赤くして彼女を見ていたがばつが悪くなって、そこを去ろうとする彼女に、「ああ、これは「蒼いノクターン」だよ」と一言言うのが、精一杯だった。そのままそこを去ろうとする彼女をしばらく見ていたが、何かを思い出したようにわたしのところに戻って来た彼女は、「そうだ、わたし、ピアノを習っているの。この曲の楽譜があれば、弾いてみたいんだけれど……。そんな、無理言っても駄目よね』と言うと彼女は今度は振り返らずにわたしの視界から消えた。』

というのを何とか書いてみたのですが、いかがでしたでしょうか」

「いくつか期待を持たせるところがいいと思います。ラジオ好きの少年がピアノを習っている少女と仲がよくなりどうなっていくのか。いろんなイージーリスニングの曲を紹介してもらえるのではというのもあります。それに何よりこの、わたしがどうなるのかというのも楽しみです。出だしとしては申し分ないと思いますが、大川さんはどう思います？」

「ぼくたちは、文章が書ける人を尊敬しています。批評なんてとても。なあ、そうだろ」

「ええ、でもこのわたしというのが、小川さんの分身なのか全くの想像で生まれた人物なのか気になるところだわ」

「まあ、それは勘弁願いましょう」

「やっぱりね」

32

小川、大川、アユミは相川の次の言葉を待っていたが、なかなか話さないので小川が促した。

「相川さんはぼくの小説にもう少しコメントをしようと思われているのでしょうが、先程のお言葉でぼくとしては十分に思います。なにせぼくが一回小説を読み上げるだけでその印象を語るわけですから、非常に難しいことを無理にやってもらっていると思います。次回からは早めに仕上げてこの会の一週間くらい前には予め見てもらえるよう相川さんのところへ原稿を送っておこうと思います」

「そうですね、そうしていただけると、もう少しためになるコメントができるかもしれませんね」

「じゃあ、是非そうさせて下さい。で、次は相川さんの講義、「喜びも悲しみも味わい続けて幾星霜　小説っていいもんですね」を聞かせていただいていいですか」

「それじゃー、張り切って講義させていただくことにしましょう。今日は、「文学作品とオペラ」というタイトルでお話をさせていただきます。ところで小川さん、オペラになった文学作品で有名なものを挙げていただけますか」

「いいですよ。まず思い浮かぶのは、やはりシェイクスピアの戯曲ですね。ヴェルディの作品では「オテロ」「マクベス」「ファルスタッフ」、グノーでは「ロメオとジュリエット」それから音楽劇としてはメンデルスゾーンの「真夏の夜の夢」がありますね。それからヴェルディの「椿姫（ラ・トラヴィアータ）」は小デュマ（アレクサンドル・デュマの息子）の小説を参考にしたもので大変有名ですね。ボーマルシェの戯曲は、モーツァルト「フィガロの結婚」、ロッシーニの「セビリアの理髪師」という素晴らしいオペラによって原作を遥かに凌ぐものになっていると思います。モリエールの戯曲「ドン・ジュアン」はモーツァルトに霊感を与え、「ドン・ジョヴァンニ」というオペラを創作する礎になったと考えられます。グノーの「ファウスト」（原作ゲーテ）、マスネの「ウェルテル」（原作ゲーテの『若きウェルテルの悩み』）、R・シュトラウスの「サロメ」（原作ワイルド）他にギリシャ、ローマ時代の文学、叙事詩や戯曲にインスパイアされて出来上がった作品がたくさんありますね」

「小川さん、それくらいにしないと相川さんが喋ることがなくなってしまいます。でもぼくからも一言、個人的にローマの詩人ウェルギリウスの作品に興味があるので、モンテヴェルディ「オルフェオ」、グルック「オルフェオとエウリディーチェ」、ベルリオーズ「トロイ人」、パーセル「ディドとエネアス」なんかも聴いてみたいな。ぐえっ」

「あなた、そんな本筋と関係がないことを言っていると時間がもったいないでしょ」

「そ、そうですね。では本筋に入らせていただきます。まあ小川さんから説明があったオペラの原作を見渡してみられるとわかると思いますが、やはり戯曲のほうが小説よりオペラの原作にし易いようです。まあ考えてみれば、長編小説にはいくつもの見せ場がありそれをすべてオペラに盛り込もうとすれば、膨大なものになるでしょう。例えばディケンズの『大いなる遺産』をオペラにすることができたとしたら、『ニーベルングの指輪』よりも長大な、すべて上演するのに一週間かかるグランドオペラになるかもしれません。ディケンズの作品は、『ピクウィック・クラブ』『二都物語』『オリヴァ・ツイスト』がミュージカルになっているようですが、中編小説といえる『クリスマス・キャロル』を原作としたミュージカル映画「スクルージ」（一九七〇年イギリス映画）が唯一ディケンズの心情をうまく言い表せているもののようにわたしは思います。オペラにするのに向いている作品とそうでない作品があり長編小説はそれには向いていないということがおわかりいただけたと思いますが、もうひとつディケンズの小説がオペラに向かない理由があります。ディケンズの作品の多くは辛い時に心の糧にしてもらおうと書かれたものなので、心にゆとりがある人たちが鑑賞するオペラの題材とするには難しいのかもしれません。極言すれば、オペラを愛する人とディケンズ愛好家との間には少し距離があるのかもしれません。小川さんはどう思われますか」

「わたしは小説の楽しみ方は読者に委ねられているので、好きなように解釈すればよいと思うのです。それからオペラの中にも感動的な作品はたくさんありますし、ディケンズのいくつかの作品に見られるような心にしみ込む温かさを感じることが出来る作品もたくさんあると思います」

33

相川がしばらく黙ったままなので、今度は大川が促した。

「次は相川さんが自作の小説を語って下さるのですね」

「ええ、それは何とかできると思うのですが……」

「どうされたのですか」

「どうも先程から視線が定まらないのです。今までにも何度かこういうことがあったのですが、すぐに回復しました。でも今日は……。やはり駄目ですね」

「まあこういうときは、お医者さんに診ていただくのがいいでしょう。この近くの公立病院なら救急で診てもらえるんじゃないかな」

「アユミは家に帰って。ぼくはご一緒させていただきますから」

「相川さんがよろしければ、ここを出ましょうか」

「お願いします」


「血液検査やレントゲン検査で異常がなかったけれど血圧が少し高いと言われ、降圧剤をもらって帰宅ということになったけど……」

「緊急性がなければ、お休みの日にCT、MRI、心電図などの検査をしてもらうのは難しいでしょうね。お医者さんの指示通り、休み明けにもう一度一般診察を受けて、必要な検査をしてもらえばよいと思います。でも、相川さん、大丈夫ですか」

「ええ、大丈夫ですよ。ご心配には及びません。でも家族の為に健康に留意してきたつもりなんですが、五十代半ばになるとそれまでのようには身体が動いてくれないですね。ぼくは、そんな心配を四十代になってすぐにし始めました。身体を動かしていないと、五十代半ばになると言うことを聞かなくなると思ったんです。それで山登りを始めたのですが、小川さんとお付き合いを始めてからまた読書や物書きに費やす時間が多くなってきた。おっと、人のせいにしてはいけませんね」

「ぼくは筋トレを毎日三時間やっているので健康の心配はないのですが、小川さんは運動をほとんどせずに不健康な生活を続けておられるのでとても心配です」

「おっしゃる通りです。平日は深夜に至るまで残業かお付き合い、休日は自宅でゴロゴロしていて、たまに机に向かって仕事をしたり文章を書いたりしている。そのせいか体重がここ一年で五キロも増えてしまいました」

「最近はクラリネットも習っておられるし、のんびりする時間がほとんどないんじゃないですか」

「そうですね、気を付けないといけないですね」

「ところでわたしとしては自作小説を読み終えて、すっきりして次回の講義をさせていただきたいのですが、いかがでしょうか」

「ぼくたちはかまいませんが、お身体は大丈夫ですか」

「まあ、なんとかなるでしょう」

「やはり次回にした方がいいと思います。ディケンズもせき立てられるように自作の朗読会をイギリス国内やアメリカで開催したために病気を悪化させました。お薬が処方されたということは黄信号が灯っていると思って、早く家に帰って横になるべきだと思います」

「そうですね、ここは小川さんの指示に従うことにしましょう」

その夜、小川が眠りにつくと夢の中にピクウィック氏が現れた。

「やあ、久しぶりですね。ところでディケンズ先生がご多忙のため、あなたが現れたのですか」

「いいえ、そうではありません」

「では、体調を崩されたとか」

「いいえ」

「じゃあ、なぜ……」

「あなたがいつまでたっても、『ドンビー父子』を読もうとされないので、読み始めるまでは出て来ないと言われています」

「……」

夢の中でピクウィック氏が小川に、『ドンビー父子』を読まないとディケンズ先生は夢に現れないと言った、その週の土曜日に小川は風光書房を訪ねてみることにした。店内に客がいなかったので小川はすぐに店主に尋ねてみた。

「ないとは思うんですが、『ドンビー父子』や『ニコラス・ニクルビー』は置いてませんか」

「ああ、これは小川さん、お待ちしていました」

「ど、どういうことですか。それにその本は確か……」

「ええ、『ドンビー父子』ですよ。小川さんが驚くようなことをもうひとつ言いましょうか」

「まさか、あのピクウィック氏に似た人が持って来たとか言われるのでは……」

「そうなんですよ。この前、小川さんが来られた次の日に、つまり一日だけ手元に置かれただけで次の日には持って来られたのです」

「それなら、すぐに手紙ででも知らせてもらえたら有難かったのですが」

「そうしたかったのですが、その方のご希望でそのようにできなかったのです。『ドンビー父子』はいつも通りに買い取ってもらってよいが、店頭で希望された人に売って上げてほしいと言われたんです」

「そうか、それで連絡しなかったと……。でもあれから一ヶ月以上も経っているのに売れなかったというのは不思議ですね」

「まあ、ディケンズの熱狂的ファンで当店の顧客である小川さんに是非読んでいただきたいと思って人目に触れないようにしていたんです。でもピクウィック氏に似た人が言われたように、店頭で希望された方には販売しようと思っていました」

「よく考えると不可解なところもあるけれど、結果よければすべてよしとします。でも、現実と夢の世界がリンクしているようで自分がどうかなっているんじゃないかと思ってしまう」

「どうかされましたか、小川さん。眼が虚ろですよ」

「いや、ちょっと、マボロシを見てしまったような、そんな気分になったものだから」

「でもそれは、間近でピクウィック氏を見た衝撃よりは小さなものだと思いますよ」

「そうでしょうね」


その夜、小川が眠りにつくと夢の中にディケンズ先生が現れた。

「どうだい、長年探し求めていた、『ドンビー父子』を手にした感想というのは」

「それはもうこの上ない喜びなのですが……」

「どうかしたかい」

「いいえ、今読んでいる小説を読み終えたら、すぐに『ドンビー父子』を読もうと思っています。ですが……」

「きっと君は君の脳の住民であるはずのピクウィック氏が、風光書房を訪ねたと思っているんだろう」

「まさか、そんなことはありえないと思ってはいるのですが……」

「世の中に容姿が似ている人物はたくさんいると思うよ。百万人にひとりはそっくりな人物がいると言われていて、つまり日本に小川君に似た人はざっと数えて百人以上はいると考えられるのだから……」

「わかりました。このことは余り深く考えないようにします。それよりひとつお断りしておきたいことがあるのです。会社のこと、家族のことを考えると今までみたいに自由な時間は取れないと思います。幸運にも、『ドンビー父子』を手に入れることができましたが、月にどれくらい手にすることができるかというと……」

「小川君、わたしは何も『ドンビー父子』を一刻も早く読み終えてほしいと思っているのではないことはわかってくれるだろう。わたしの本を楽しんで読んでくれさえすれば、一年掛かってもいいんだよ」

35

『ドンビー父子』を購入した翌朝、小川は枕元に置いてあったその本を開いてみた。

〈何度か、図書館で手にしたことがあるが、古本とはいえ自分の本としてじっくり読むことができるのは遅読のぼくには有難いことだ。この本はハードカバーで二巻、二段で二冊とも五百ページ以上ある。一六〇年以上前に書かれた小説だから理解しにくいことがたくさんあるけれど、ディケンズ先生の小説の多くは挿絵が入っているので本当に助かるなあ。挿絵は当時の状況を理解する為の大きな手がかりになるんだ。さあ、そろそろ起きようか〉


台所に行くと、桃香が自分でパンを焼いて食べていた。

「お父さん、さっきお母さんが練習があるって言って外出したわ。今日は朝からだから、朝食と昼食はひとりで食べてねって……」

「お母さん、毎週のように練習があって大変だね。しかもだんだん長くなっていくようだな。午後から二時間だけだったのが、今は昼ご飯をはさんで五時間以上練習するのだから。でも、メンバーはどうなったんだろう。男性がひとりだけいるそうだけど……」

「管楽演奏の場合、弦楽四重奏のように固定のメンバーでたくさんの曲ができるわけではないのよ。その男性の楽器はフルートだから、共演の機会は少ないと思うわ。ファゴット、オーボエやホルンなら一緒にやることが多いんだけど。◯◯アンサンブルというグループを作っていろんな楽器編成に対応できるようにしたいみたい。だいたいそういったグループの中心になるのはクラリネット奏者で、お母さんが好きなメロス・アンサンブルも中心メンバーのひとりにクラリネット奏者のジェルヴァーズ・ド・ペイエがいて、クラリネット中心の曲で素敵な音色を聴かせてくれるのよ」

「小学校四年生なのによく知っているね。そう言えば、桃香は最初クラリネットを習うつもりでいたけれど、ヴァイオリンに変えたんだったね。小さい頃、よくお母さんと一緒にド・ペイエのモーツァルトのクラリネット五重奏曲を聞いていたのを覚えているよ。お姉さんがピアノで頑張っていて、同じように自分も楽器を習いたい。できればお母さんと同じクラリネットをやりたいとその頃は思っていたんじゃなかったのかな」

「でも、そう思ったのが、小学生になったばかりの頃だったの……。今なら指が届くけど、当時はふざけて左手だけで、ドドソラララソ……と吹いてみたりしていたけれど……」

「お母さんは、桃香は最初からアンブシャーができていると言っていた……」

「でも、全部のキーに指が届かないと……。それで子供用の楽器があるヴァイオリンを始めたの」

「でも、上手になったね。この前深美と一緒に演奏した時は、お母さんと聞き惚れていたんだよ」

「ありがとう。でも、普通サイズのヴァイオリンは始めたばかりだから、今のところ通して演奏できるのは、この前に演奏したベートーヴェンの「春」の第一楽章だけなの。無茶とわかっていたけれど、お姉さんと一緒にできると聞いたから、一所懸命練習したのよ」

「そうだ、この前話が出たけれど、今度深美が帰って来たらまたみんなで集まって演奏をするから、お父さんも練習しとかないといけないなぁ」

「お父さんは凝りだすと止まらないから、ほどほどにした方がいいわよ。仕事も忙しそうだし、小説も書かないといけないんでしょ。その分、わたし、頑張るから、ね」

「そんなこと言わないで、お父さんも輪の中に入れてくれないか」

「はいはい」

36

相川、大川、アユミと会って十日程して、小川は相川からの手紙を受け取った。

〈相川さん、その後どうしているのかな。電話くらいするべきだったかな。まあ、手紙を読めばそのあたりのことがわかるだろう〉

小川弘士様

先日は、ご迷惑をおかけして申し訳ありませんでした。翌日、近くの病院で必要な検査をしてもらったところ、特に問題ないが降圧剤は飲み続けて下さいと言われました。整形外科も受診したところ、筋力が落ちると腰痛などが出るので適度な運動は必要と言われました。大川さんのように毎日三時間も筋トレをするわけにいかないので、二ヶ月に一度くらい、高尾山や東京からそう遠くない山に登ってみようかと思っているのですが、小川さんもご一緒にどうですか。時間のことなら、心配されなくていいですよ。今までやっていた講義を手紙のやり取りで済まし、それについての感想や近況報告を山登りをしながら語り合うのです。大川さんにもこの話をしていますので、ご夫妻で参加されるかもしれません。小川さんもできれば奥さんをお連れ下さい。と言っても山登りに興味がないと言われるのなら、それまでですが。前回の講義でお話ができなかった、小説を同封します。では、小川さんもお身体にお気を付けて。

相川隆司

『石山は課長から、五十メートルダッシュを十本か五百メートルダッシュを一本かのどちらかを毎日するように言われたが、自宅のすぐ横に一級河川が流れていて堤防が延々と続いていたので迷わず五百メートルダッシュ一本の方を選択した。「でも、五百メートル行って帰って来るのに何もしないのはもったいないなあ。なにかこうためになることをしたいなあ。近くに家がないから大声を出すのがいいかもしれない。山に登って、ヤッホーと言えばすっきりするように大声を出すのは精神衛生の為にいいはずなんだ。でも、ヤッホーだけなら五秒で終わってしまう。ぼくは一キロを大体一八分で歩くから、そうだ、だいたい演奏時間が三分かかるモーツァルトのオペラ「魔笛」の中で歌われる夜の女王のアリア「復讐の心は地獄のように胸に燃え」を三回歌えば、時間を無駄にしないでスカッとした気持ちで出勤することができるぞ。でも裏声であの高音を出すのには熟練しないと駄目だろう。これはやりがいがあることだぞ」石山は翌日から始めることにしたが、最初の日こそ周りに誰もいなかったが、二、三日すると石山は人気者になって毎日三十人以上の人が石山の周りを取り巻いた。「これは秘密特訓で行くつもりだったんだが……。さっき、なぜぼくを追っかけるのですかと尋ねたら、そりゃー、五百メートルダッシュをした後で裏声でコロラトゥーラアリアを歌うというのは大道芸としても非常にハイレベルなことだと思うんですよと言われたんだ。あれ、向こうから来るのは、課長じゃないのかな。やはりそうだ。課長、どうされたのですか。この近くに引っ越して来られたのですか」「石山君、君のことだから変なことをしないかと思っていたんだ。なにせ五百メートルダッシュをすると言ったのだから。それで心配していたら、君が同僚に、五百メートルダッシュを始めると物見遊山の人たちがたくさん集まると言っていたのを耳にしたんだ。それで君の家の近くで朝早くから待機していたところ、突然、素っ頓狂な声が聞こえたんだ」「課長、素っ頓狂というのは、失礼だと思います」「じゃあ、調子はずれではどうかな」「それならいいです」』

相川さんにも促されているし来月にでも高尾山に一度行ってみるかなと、小川は手紙を読み終えて独り言を言った。

37

相川から手紙を受け取った翌日の夜、小川は帰宅するとすぐ夕食のテーブルにつき、秋子に話し掛けた。

「昨日は帰宅が遅くなったので話さなかったけど、相川さんは検査の結果、異常なしだったようだよ」

「そう、それはよかったわ。これからもいろいろお世話になると思うから、お互い元気で交際を続けたいわね」

「ところでそのことを知ったのは手紙だったんだけれど、ここにあるから読んでみて」

「ええ……。うふふ、へー、相川さんて、面白い方ね。でも、山登りについては、少し考えさせてほしいわ。練習は日曜日しかできないし、いつの間にかわたしがリーダーになってしまったから簡単に練習を休めないの」

「そうか、それは残念だな。ところで、今はどんなことをしているの」

「今はメンバーが揃いつつあって、練習に励んでいるとしか言えないわ。それぞれが昔の感覚を取り戻そうと一昔前に習った練習曲を納得できるまで練習しているという感じ。学校の人に交渉して、スタジオをひとつ借りることはできたけど、五人でするには少し手狭な感じ。上手になったら、共演してくれるとアユミさんは言ってくれているけれど、モーツァルトやベートーヴェンのピアノと管楽のための五重奏曲をするには、あと三年はかかるんじゃないかしら。まあそれまでは管楽器だけで十分練習しておくわ。

弱音をはいてもしかたがないけど、音大で音楽教育を受けないでほとんど我流でやってきたから、音大出身の方たちと話が合わない時がよくあるの。わたしは気分屋で大雑把だけれど、音大出身の人たちは緻密で完成度の高いものを求めているわ。だから結果を求めるわたしとあるレベルに達しないと人前で演奏するべきでないと考えている人たちとは軋轢が生じるかもしれない。まとめ役を任せられたんだけれど、そのあたりをうまくやれるかちょっと不安だわ」

「まあ、力になれるかどうかわからないけど、相談したいことがあったら……」

「ありがとう。そうだ忘れてた。さっきアユミさんとご主人が家に来て、午後九時頃までに小川さんが帰宅したら家に来て下さいと言われていたわ」

「じゃあ、ちょっとだけ顔を出して来るよ」

「こんばんは、小川です」

「やあ、お待ちしていました。上がりませんか」

「じゃあ、お邪魔します。アユミさん、こんばんは」

「まあ、小川さん、今お帰りなの」

「今日はまだ早い方ですね。いつも帰るのは午後十時を回っています。ところで何か」

「小川さんも相川さんの手紙を受け取られたと思うのですが……」

「高尾山に行くというお話ですね。三十年ぶりに遠足に行くという感じでぼく自身は乗り気なんですが、生憎、秋子は、日曜日はアンサンブルの練習をするので参加できないと言っています」

「ぼくの方もアユミが、半日くらいなら子供たちを近所の人に預かってもらえるけど、一日となると難しいと言ってます」

「じゃあ、奥さんの了解が得られれば、わたしたちだけで行きますか」

「そうですね、ちょっと訊いてみましょう。そういうわけで小川さんは、ぼくに是非参加してほしいと言われているから……」

「そんなこと小川さん言ったかしら。わたしの了解が得られれば一緒に行こうと言われただけじゃない」

「そうだったかな。ほら、そんなことを言うから、小川さんが寂しそうな顔をしているじゃないか」

「ぼ、ぼくは別にどちらでもいいんですよ」

「それじゃー、やめとこうかな。でもなー、顔にはそう書いてあるんだが」

「ふたりとも気の使い過ぎじゃない。手紙に書いてあるように二ヶ月に一度くらいなら、なんとかなるわ。いってらっしゃい」

38

小川は久しぶりに仕事で大阪を訪れることになったが、急に決まったため新幹線が満席で指定席が取れずに自由席で大阪まで行くことになった。三号車の乗降口から入り、空席を探しながら一号車へと歩いていると後ろから声がした。

「オウ、オマエジャナカッタアナタ久しぶりですネ」

「その声は、やはり、ベンさんでしたか」

「オマエも旅費のセツヤクですか」

「いや、ぼくの場合はただ空きがなかっただけで……。そんなことより、お久しぶりです。またお会いできてうれしいです」

「ソウデスネ、ワタシもソウ思います。ところで、アナタ、最近、ディケンズを読んでマスカ」

「ここのところ、ずっとご無沙汰だったのですが、やっと、『ドンビー父子』、もちろん翻訳したものですが、を手に入れたので、これから読もうと思っているところです」

「そうですか、新訳が手に入ってヨカッタデスね」

「ところでベンさん、あなたもなにか今お読みですか」

「オウ、ワタシは、愉快なものが好きなので、『ピクウィック・クラブ』『ニコラス・ニクルビー』『クリスマス・キャロル』『デイヴィッド・コパフィールド』『大いなる遺産』ナンかを何度も読み直してイマスね。アナタ、トコロデお名前はナンて言うの」

「小川弘士と言います。ところで、あなたは……」

「ベン・ブリッ……ジといってもコレは本名ではありませんが、アル意味でワタシの仕事を表しているのです。ソウ、ワタシはいろいろ橋渡しをしているのです。ところで、アナタ、ワタシも『ドンビー父子』の翻訳をテにイレタクテ探しているのですが、どうやってテにイレマシタか」

「馴染みの古書店で手に入れたのですが、それまでの経緯が信じてもらえるかどうか……」

「フンフン、興味アリマスネ。言ったんサイ」

「実は、二ヶ月程前に先程の古書店にその本が入ったと店主から連絡があったのですが、店に着いた時にはどうしてもほしいと言われたお客さんに売った後だったんです。失望していたんですが、ある晩にその人が夢の中に出て来て、早く『ドンビー父子』を読めというのです。最初は近くの大きな図書館で借りて読もうと考えたのですが、駄目で元々とその古書店に行ったところ、置いてあったのです。店主の話ではその方が翌日に持って来たそうです。最初に求めた人に売ってくれと言われたので、連絡はしなかったということで……」

「ウーム、モシカして、その人の風貌は……」

「風貌も何も、サミュエル・ピクウィック氏そっくりの人ですよ」

「で、そのジンブツがアナタの夢の中にも出て来たと……。オウ、それはオメデトウございます」

「な、何がおめでたいのですか。あーっ、でももう少しで、ベンさんが降車される名古屋に着いてしまう」

「ソウ、残念ですが、マタお会いできるでしょう。少し、ひんとを上げましょう。アナタが大変なディケンズ・ファンで使命感も強いから、生誕二百年に自分のことを祝ってもらいたいという文豪の意志を仄めかせば、尾っぽを触られた殿様バッタのように大きく飛躍してもらえると思ったのだとオモウノです。アトはマタコンド」

「心ノコリデスが、マタ会う日マデ」

小川が大井三ツ又交差点近くのスタジオでクラリネットの練習を終えてＪＲ大井町駅に向かって歩いていると、後ろから声がした。

「やあ、これは小川さん、ここに来ると会えるかもしれないと思っていました。どうですか少しだけでもお話を」

「こんばんは、相川さん、いつもお世話になっています。それじゃー、前に行ったことがあるイタリア料理店に行きましょうか」

「そうですね、あそこがいいですね」

「小川さんはいつもこの近くにあるスタジオで練習されるのですか」

「そう、月に一度はここで二時間くらい練習しますね。あとは自宅で月に二回くらいかな。そうだ、相川さんに尋ねたいことがあるんです」

「ほう、わたしでお役に立てればなんなりと」

「それではっと、相川さんはベン・ブリッジという日本語を流暢に話せるイギリス人をご存知ですか。その方はディケンズ・ファンのようなのですが。顔はちょうど、映画「アラビアのロレンス」に出て来る、ピーター・オトゥールみたいな……。その方と何回か新幹線の車内で会っているのです」

「えーっと、あったかな……。おお、これこれ。これを見て下さい」

「あっ、これは、ベンさんじゃないですか。一緒に相川さんが写っていますね。これを見るとかなり親しい……」

「ええ、以前一緒に仕事をすることがあって、ふたりともディケンズのファンということがわかって、今も交流が続いているのですが、彼の本名は、あの有名な作曲家と同じ、ベンジャミン・ブリテンなんです。彼はベン・ブリッジと呼ばれるのが好きなので、小川さんもそう呼んであげるといいですよ」

「やはり、ディケンズ愛好家の方だったんですね。ところで先日その方と新幹線でお会いして少し話をしたのです。夢の中にピクウィック氏に似た人物が現れ、その人の指示で馴染みの古書店に行ったところ、前から欲しかった『ドンビー父子』を手に入れることができた。その話をしたら、『アナタが大変なディケンズ・ファンで使命感も強いから、生誕二百年に自分のことを祝ってもらいたいという文豪の意志を仄めかせば、尾っぽを触られた殿様バッタのように大きく飛躍してもらえると思った』でしょうとベンさんは言われていましたが、それはどういう意味なのでしょう」

「特に気にすることはないですよ。彼の場合、ディケンズに対してよい感情を持っている人にはその度合いに応じてご利益みたいなものがあると思っているようです。またディケンズの作品を愛する人は善良で、諧謔と機知に富み、イギリスの文化に興味を持っていると、これは小川さんもわたしもそうなのですが、思っています。なので、ディケンズに興味を持っている人を見ると他人とは思えなくなるようです。まあ、同好の士に親愛の気持ちを表明したいというのかな」

「そうでしたか。それで大方のことはわかりました。ところでわたしもベンさんと……」

「いや、彼は日本人のディケンズ愛好家と対話をすることが楽しいようで、わたしの場合もふたりで話をすることが多いですね。小川さんも彼と新幹線で会われるのなら、これからもその時に会話を楽しまれればいいと思います。わたしは彼とよく会うのですが、あえて今すぐより親密になる必要はないかと思います。でもディケンズ生誕二百年には愛好家の人たちみんなと楽しい時間が過ごせるといいので、それまでにはわたしから彼を紹介させてもらいますよ」

「わあ、楽しみだな。その時にはよろしくお願いします。それまでにはぼくもディケンズの小説を読破しておくことにします」

「是非、そうして下さい」

40

休日出勤で会社にいた小川に桃香から電話が入った。

「お父さん、今、病院からなんだけど、お母さんが体調を崩して……」

「えっ、どうして。大丈夫かい」

「先生が、お父さんにすぐに連絡しなさいと言われたから、電話をしたんだけれど、すぐに病院に来て……」

「よし、わかった。すぐ行くよ」


小川が病院に行くと待合室で秋子と桃香が話をしていた。

「もう、診察は終わったのかい」

「ええ、これから点滴をしてもらうの。しばらくは安静にしていた方がいいって言われたの」

「入院は？」

「それは必要ないけれど、お母さん……」

「何かあったの」

「お母さん、今日も職場の人たちと練習をしようと準備をしていたら……」

「お父さんも桃香も心配しなくていいのよ。単なる過労だから。お母さん、少し張り切りすぎたみたい」

「前から気になっていたけれど、お母さんは平日にはぼくと同じように働いている。帰宅すれば家事をしてからぼくの遅い帰宅を待っている。休日はたくさんの溜まった家事をやり終えて、アンサンブルの練習をしている。いつ休みを取っているのかと思う。この前、夜中に和室の灯りがついていたからのぞいてみたら、お母さんは布団の上で楽譜とにらめっこしていた。好きなことをやめなさいとは言えないけれど……」

「職場のみんなからリーダーとして期待されているから。音大出でないのにみんなから見込まれてリーダーになったのだから、今まで以上に頑張らないと……」

「ぼくはみんながしたいことをしていれば、幸福になれると考えていたのだけれど、それは独りよがりの考え方だった。さんざん自分が楽しんでいるという負い目もあるし、しばらくは休みの日の家事はぼくがするよ」

「気持ちはわかるけど、毎週土日がカレーかシチューでは飽きてしまうわ……」

「また、そんなことを言って、自分で背負い込もうとする。心配しなくていいよ、すぐに料理のレパートリーを増やすから。これからしばらくは週末の朝はゆっくりしてもらって、疲れを溜め込まないようにしてほしい」

「でも、小川さんは小説も書かないといけないしクラリネットも練習しないといけないし。この前は相川さん、大川さんと一緒に日帰りで山登りをするって言っていなかったかしら」

「まあ、それは家族が健康であってこそできることなんだ。ぼくひとりが好きなことをやったらいいということでは決してないよ。秋子さんはぼくに遠慮しているんだろうけれど、ぼくも自分の楽しみの追求はほどほどにした方がいいと思っていたんだ。お尻に火がついたように楽しみを求めるというのは、消化不良になることをわかっていながら十分楽しまないままに食事をしているのと同じだという気がする。あせらないで、ひとつひとつ味わいながら楽しもうと思うんだ」

「でも、相川さんや大川さんはどう言うかしら」

「さあどうだろう、でもふたりとも家族の健康より趣味の方が大事とは言わないと思うよ」

41

小川は、秋子、桃香と病院から帰って来るとしばらくは布団の横で秋子の様子を見ていたが、秋子が眠ったのを見ると桃香に一声掛けて大川の家に出掛けた。

玄関のベルを鳴らすと、しばらくして息子の音弥が扉を開けて、オマチシテイマシタと言った。

「やあ、お父さんはいるかい。ああ、大川さん、突然、お邪魔してすまないですが、ちょっと相談に乗っていただきたいことがあるんです。実は今日、秋子が体調を悪くして病院に行ったのです」

「まあ、小川さん、こんな玄関先で話をするのもなんですので、奥に入りませんか。アユミと上の子は、今出掛けています。丁度、誰か話し相手はいないか、誰か訪ねて来ないかなと思っていたんです」

「では、少しお邪魔することにします。おお、これはすごい」

「音弥、そんなことをしているとまた頭をテーブルにぶつけるから……。いつもこうなんですよ。押し入れの中に小型のトランポリンを隠すのですが、引っ張り出して来ては宙返りを始める」

「それじゃー、将来はそういったことを……」

「いえいえ、この子は本当に気配りが利く子で、プロレスファンのわたしが何をすると喜ぶかよく知っているんですよ。確かに今は宙返りだけですが、もっと高度な技を覚えていくことでしょう」

「……」

「でも、実のところはお母さん子で、アユミがいる時はぼくの相手なんかはしてくれません」

「というと」

「やはり音弥も音楽に興味があるようで、アユミが弾くピアノに耳を傾けてにこにこしているのをよく見ます。まあ何か楽器ができるようになれば、すぐにそれに熱中するんでしょうが、まだ小さいから……。ああ、自分の家のことばかり話してしまいました。すみません。で、ご用件は……」

「さっき話したように秋子が体調を悪くして、今日、病院に行きました。過労が原因でしばらく安静にしていれば良くなるでしょうが、今のような生活を続けていれば、また同じように……」

「なるほど、それで小川さん、相川さん、ぼくとで楽しく過ごす時間を我慢しようと思われるのですね。残念だな。どうでしょう、問題を少し整理してみませんか。小川さんは、秋子さんの負担を軽減したいとおっしゃりたいのでしょうが、例えば休日の家事をなるべく自分ひとりでするると宣言したとしても、いずれそのうちには秋子さんや桃香ちゃんが手伝ってくれることでしょう。お父さんが仕事で忙しいからと言っても、自分の仕事だから家事は自分でやりなさいとは言わないでしょう。確かに小川さんが休日にしなければならないことは増えるでしょうが、毎週必ずそれをしないといけないということはないと思う。今日は相川さんたちと山に登るから家事は頼むと言えば、秋子さんか桃香ちゃんがやってくれるだろうし、今日は寄り合いがあるから昼から外出すると言えば、どちらかが夕飯のことを考えてくれるでしょう。小説を書くのも時間を見つけて書いていけばいいと思います。なにも二ヶ月に一度は必ず会いましょうと言っているのではなく、会えることは楽しみですがお互い仕事がありますので、よろしければお会いしましょうと考えているのは相川さんも同じだと思います。一応、二ヶ月に一度お会いするとして、都合が悪ければ中止にするということでいいんじゃないですか。このことはぼくから相川さんに伝えておきます。そうだいっそのこと、来月予定している寄り合いは取りやめて、来月は三人で高尾山に登りませんか、登りながら小説以外のことをあれこれ話すのもきっと楽しいと思いますよ。小川さんがよろしければ相川さんにこのことも言っておきます」

「大川さんのお話は尤もですが……」

「小川さんは自分ひとりでなんでもやってしまわないと納得できないようですが、ここは家族に協力を求めてもいいところだと思いますよ」

42

小川が自宅に戻ろうと腰を上げたところ、玄関のドアが開いてアユミと娘の裕美が入って来た。

「あら、小川さんが来ているの。そこで桃香ちゃんに話を聞いたけど、秋子が過労でダウンしたそうね。そうだ、きっと小川さんところではまだ夕ごはんどうするか決めてないだろうから、家で一緒にすき焼きでも食べない。そうねー、一時間程したら準備ができるから、小川さん、秋子と桃香ちゃんを連れて来たら？　わたしに話があるんだったら、その時に聞くわ」

「わかりました」

一時間して、小川は秋子と桃香を伴って大川宅を訪れた。

「そういうわけで、休日はぼくが家事をしようと思うのですが、そうすると今までやってきたことを少し我慢した方がいいと思うんです」

「そうかしら、それは小説を書くことや山登りを回避するための口実じゃないの」

「ち、違いますよ。現に秋子は過労で体調を崩して病院に行っているし……。これは休日の家事を秋子にさせていたからで、休日も仲間と音楽に取り組んでいる彼女の負担を軽減しないと、いつかはもっとひどいことに……」

「あなた、小川さんがあんなことを言って、わたしたちが楽しみにしている相川さんの講義とあなたが楽しみにしている高尾山でのトレッキングをやめさせようとしているわ。この調子だと小説もできませんと言い兼ねないわ。あなた、なにか気の利いたことを言ってあげたら」

「それでは……、これはぼくの山登りが好きな友人が言っていたことなんです。彼は四十才になるまで腹芸をするのにぴったりのお腹をしていたのですが、ある時、時間が出来たのでひとりで上高地に出掛けることにしました。当時あった夜行急行とバスを乗り継いで早朝に上高地入りした彼は涸沢のできるだけ近くまで行ってみようと明神、徳沢を経由して横尾まで行ったのですが、方向音痴の彼は横尾大橋を渡りそこねて槍ヶ岳方面へと歩いたのでした。槍沢ロッジで、ここはどこですかと訊いて自分が間違っていたことに気付いたのですが、今から涸沢に行くわけにもいかず、おでん定食を食べて帰途につくことにしました。それでも次に繋がるものがないものかと近くにある広場に行ったところ、そこに単眼鏡が置いてあるのに気付きました。なにげなく彼がそれを覗いてみると槍の穂先が見えました。よく見てみるとそこには何人かの人がいて、山頂目指して一所懸命梯子を登っていました。澄み切った大気のため晴天を背景にした槍の穂先は何か神々しいものに感じられ、彼は瞬時にしてあれを極めないと生きている甲斐がないと思いました。翌日から、彼は筋力トレーニングを始めたのでしたが、ただ腹筋をしていただけでは山登りをするだけの体力はつかないとわたしに助言を求めて来ました。わたしは、十ヶ月程で、ハードな登山に耐えられるようになるためには、少なくとも腹筋と腿上げを毎日一時間ずつくらいして、その上で本番前に近くにある起伏の激しい山に数回登っておくことが必要だろうとアドバイスしました。それから一ヶ月程すると彼の体型は引き締まり、二ヶ月すると三十才そこそこの人のように俊敏な動きができるようになりました。もちろん彼は翌年自分の足で雨中ではありましたが、槍ヶ岳山頂に登ることができたのでした。それからしばらくして彼に、ハードだっただろうになぜそのようなことができたのかと尋ねると彼は、そりゃー、辛い仕事とちがって、山登りは楽しいことなんだから、そのための体力作りは楽しむために必要なものと割り切ってやればなんでもないことなんだよと言っていました。小川さんも、楽しみと考えるか課せられた仕事と考えるかで小説を書く時や山登りをする時の気持ちも変わってくるでしょう。楽しみと考えるのなら、大きな負担にならないでしょうが……」

「あなた、なかなかよかったわ。秋子、あなたどう思う」

「そうね、仕事なら緊張感を持って対峙しないといけないから大変だけど趣味なら。でもわたしの場合、リーダーを仰せ付けられているから……」

「でも、小川さんは別にリーダーでもなんでもないんだから、気楽にやればいいのよ。わかったわね」

「そ、そうですよね、気楽にやりますよ。ははは」

43

大川の家での夕食を食べ終えた小川は、秋子、桃香を残して、先に家に戻った。アユミに好き放題に言われても、何も言い返すことができない自分に腹が立ったからだ。

〈家族のためを思って家事をしようと言っているのに、それがいけないと言うのか。平日は会社の仕事をしていて、休日は今まで通り楽しみたいところなのに、それをガマンして家事をしようと言っているのに。あっ、秋子さんと桃香が帰って来たぞ。ふたりは何も言わなかったけれど、このことをどう思っているのだろう〉

「お父さん、体調が悪いから家に帰ると言っていたから、もうお布団を敷いて寝ていると思っていたわ」

「いや、大丈夫だよ。それより、お母さんはどうなの」

「どうも、忙しくて昼食を取らなかったのが原因のようだから、心配しないでいいわ。ごちそうをいただいたので、大分よくなったみたい。こう見えてもわたし、意外と丈夫なんだから。でも、さっきお父さんが家事を手伝ってくれると言っていたから、お掃除と日曜日の夕食の支度だけでもお願いしようかしら」

「たったそれだけでいいのかい。ぼくは土日の掃除、洗濯、風呂の用意、朝昼晩のごはんの支度、後片付けなんか全部をするつもりで……」

「まさか、そんなことを毎週していたらそれこそ、会社で居眠りばかりすることになるわ。土日のごはんのおかずを何にしようと考えて会社で十分ほど物思いに耽ったりして……。休日はゆっくり休んで英気を養うようにしなくちゃ。その一環として、趣味を楽しむのは大いに結構、音楽も、小説も、山登りもどうぞお好きなだけ楽しんで下さい。

でも家事を助けてもらえるなら、お言葉に甘えることにするわ」

「ねえねえ、お父さんはわたしが何もできないと思っているようだけど、お風呂やトイレの掃除はお母さんより早くて上手なのよ。お使いにはしょっちゅう行っているし。今度は掃除機の使い方を教えてもらおうかな」

「ありがとう。桃香は洗濯や料理は難しいけれど、他のことならできるだろうから頼むわね。お父さんが、自分で休日の家事を全部しますと言ってくれるのは有難いんだけれど、みんなで分かち合えばなんとかなるわ。お父さんは今まで通りに大川さん、相川さんとのお付き合いを楽しむといいと思うの。それからさっき、話を聞いていたら、お父さん、小説を書くのが大きな重荷になっているような気がしたの。そこで提案なんだけど、この前購入したディケンズ先生の『ドンビー父子』を読んでみてはどうかしら、よい文学作品は創作意欲を喚起させるというから、名著を楽しんで読んでいたらその副産物としてよい発想が生まれるかもしれないわよ。二日に一度、三十分早く起きて以前行っていた喫茶店に行くのがいいかもしれないわ」

「そうだね。でも、山登りはどうしよう」

「お父さん、桃香も高尾山には遠足で行ったことがあるけれど、ゆっくり登ればダイジョウブよ」

「そうか、それなら相川さん、大川さんとの会話を楽しみながら登るとするか」

小川は書斎に行くと、すぐに布団を敷いて横になった。安心感からかすぐに眠りにつくことができた。

「おや、今日はふたりお揃いですか」

「そうさ、秋子さんもああ言ってくれたのだし、明日は少し早く出掛けて、いつもの喫茶店で『ドンビー父子』を読みなさい。そうすれば、わたしのように後世に残るような作品が書けるから」

「先生、小川さんはせっかく『ピクウィック・クラブ』の古本を手に入れたというのに読んでいません」

「確かにそうだ。小川君、一時間早く行って、『ドンビー父子』と『ピクウィック・クラブ』を三十分ずつ読みなさい」

「……」

「これは失礼。『ドンビー父子』をじっくり楽しんでくれたまえ」

44

小川は、以前よく利用した喫茶店で三十分だけ最近手に入れた『ドンビー父子』を読もうと、自宅を午前五時三十分に出た。

〈久しぶりにあの喫茶店で読書をすると思うと心が弾むが、その半面、なんでここまでしないといけないのかと言いたくもなるなあ。でもいつも午前六時過ぎには家を出ているのだから、これくらいの時間には出ないといつものことができなくなる。午前七時三十分には仕事を始めるのだから。仕事の内容を濃くして三十分早く終えるようにすればなんとかなるだろう。最悪の場合には、昼休みの時間を切り詰めるさ〉

小川が久しぶりに訪れた喫茶店に入ると、入口近くで三人のタクシー運転手が関西弁で話していた。

「昨日の最終、買うておけばよかったワ。予想では当たってたんや」

「いやいやそれより来年の阪神の話を聞かしてーや」

「君たち、何を言うてるのん。こんな困難な時代やからこそ、いにしえの文学を読んだり、音楽を聴いたりして……」

「それでどないするねん」

「そ、それはやな……。これから考えるわ」

スキンヘッドの運転手が赤面して話すのを小川は横目で見ながら、いつも利用する席に着いた。

小川はさっそく、『ドンビー父子』を読み始めたが、ポール・ドンビー氏の姉のルイザが登場したところで、しおりを入れた。

〈六ページ目だけれど、切りがいいからここまでにしておこう。まだ時間があるから、ざっと全体を見ておこうか。二段で本文が五〇〇ページほどある。上下だと千ページほどあるのかな。でも比較的大きな活字だから、読みづらくはない。その後に訳注があって、おお、主な登場人物のことが少し書いてある。これは大いに助かる。

そういえば、『バーナビー・ラッジ』には、登場人物の簡単な紹介が書かれたしおりが付いていた。ポール・ドンビー氏の息子が誕生したばかりで、ドンビー氏が独り言を言っている。「ドンビー氏はおよそ四十八才だった。息子はおよそ四十八分だった」なんて書かれてある。こういうのを読むと関西で生まれ育ったぼくにとっては、十円のことを十万円と言うおばさんに似ている気がして、ニヤリとしてしまうのだが。ドンビー氏の独り言の内容は、生まれたばかりの息子の名前を自分と同じポール・ドンビーにしようとか会社のことについて語っているが、独善的な人物に見受けられる。出産直後の妻に対して優しい心遣いもないようだ。ドンビー氏には六年前に生まれた娘のフローレンスがいるようだが、父親の優しさが感じられない言葉に戸惑っているようだ。医師（主治医（家庭外科医）と名医パーカー・ペッブス博士）から妻の状態が良くないと言われても、冷ややかで杓子定規な反応しか示さない。あらすじを読んだことがあるが、このドンビー氏がどのようにして人間らしさを取り戻していくかが、この物語の中心テーマなのだろう。休日で時間があるのなら、ここで居眠りをして、ディケンズ先生に夢の中に登場していただくのだが、おっと、もうこんな時間だ。

でも、来てよかった。こうして読み始めれば、寸暇を惜しんで読むようになるから、意外と早く読み終えられるかもしれない〉

その夜、夢に現れたディケンズ先生は今までにない程、饒舌だった。

「やあ、めでたい。こんなうれしいことはない。提灯行列と万国旗の飾り付けができたら、クラッカーをならして、シャンパンを開けて乾杯だ。そうそう、料理は一万人分用意してあるから、好きなだけ食べてくれ。よーし、では、かんぱーい‼　そういうことで、これからもわたしの本をよろしく」

「わかりました。こちらこそよろしくお願いします」

45

小川は大川に、登山をするなら登山靴、リュック、雨具は必需品だから一緒に買いに行きませんかと言われたので、日曜日の午後、神田のスポーツ用品店にふたりで出掛けることにした。

「軽登山、トレッキングと言っても、十分な装備をしないで出掛けるとひどい目にあったりします」

「というとそういう経験があるのですか」

「わたしが初めて中級者向けの山に登った時のことですが、道のりの中間のところで足を挫いて困っておられる方がいたのです。その頃中学生だったわたしは何もできなかったのですが、しばらくそこでその方の様子を見ていたのです。その中年の男性は普通のスニーカーで小さなリュックを持っていたのですが、防寒具の役割もしてくれる雨具を用意していないようだったので、寒そうでした。といっても人の分の雨具を持っている人が通りかかるはずもなく、日が傾いて風が強くなっていたので連れのいないその男性は大きな声で助けを求めるようになりました。何人かの親切な人がその男性のところに集まって来ましたが、通りがかりだったので、どうやってそこから二キロあるロープーウェイの山頂駅までその男性が行ったのかわかりません。

多くの人の手を煩わせたのは間違いないでしょう。わたしの友人の話ですが、登山をするなら、自分の身を守るために最低限必要なものを持っておかなければ同行の人に迷惑をかける。もし単独行動を取るのなら、万一の時でも困らないような十分な装備を身につけておくことは必要不可欠だと思います」

「でも、足を挫いたら、誰かに助けてもらうしかないでしょう」

「いいえ、そうならないように足首をしっかりと固定してくれる登山靴を履いていれば、足を挫く心配はないと思います。突然雨が降ったら雨具も必要になります」

「でも、高尾山くらいなら、スニーカーでもいいでしょう。それに天気がよければ雨具もいらないでしょう」

「それは小川さんご自身の判断に任せます。本格的な登山となると自分のことで精一杯になるので、中途半端な装備では同行の人たちに迷惑がかかることになります。日頃からそういったことを心掛けておかないと駄目なんです」

「そうですか。なら、ぼくは今日は登山靴、雨具とリュックを買っておきます」

「そうですね。そうされるのがいいですよ」

「ところで大川さんは、当日はもちろん」

「そうです、当然。途中で三人のうちの誰かが足を挫いたら大変ですから、三人用のテントと二週間分の食料と水は持って行くことにします。そうだ、着替えも一週間分は持って行っとかないと」

「……」


「まあ、ずいぶん時間がかかったのね」

「うん、ぼくの買い物はすぐに済んだんだけれど、大川さんがいろいろ非常食や服を買われて、それに付き合っていたら遅くなっちゃった」

「ふふふ、お付き合いのよいこと。ああ、これを買ったのね。こういうのを見ているとわたしも行ってみたい気がするわ」

「まあ、高尾山なら家族みんなで行ってもいいんじゃないかな。ガイドができるくらい熟知したら、一緒に行こうか」

「そうね。楽しみにしているわ」

46

小川、大川、相川の三人は、京王線高尾山口駅の改札口で午前九時に待ち合わせた。最後に大川がやってきたが、その荷物の大きさに小川と相川は目を丸くした。

「この前神田のスポーツ用品店にご一緒した時からある程度は予測していたのですが、それにしてもそんな大きなリュックを担いで山頂まで行くのですか」

「別に心配されなくていいですよ。四十キロくらいですから。ぼくの場合、毎日、筋トレが必要ですから、登山の時もこうして重い荷物を持つようにしているのです」

「それはわかるのですが、そのぴっちりしたズボンはなんなんですか。足が少ししか上がらないようですが……」

「ああ、これは足に負荷をかけることで立派なトレーニングになっているのです」

「そうですか、でもお尻の縫い目に大きな負荷がかかって、割れないかが心配です」

「まあ、おふたりともせっかく、ハイキングを楽しむために来たのですから、もっと他の話題にしましょう。そうだ、小川さん、先月、秋子さんが体調を崩されたようですが、その後はどうですか」

「ご心配おかけしましたが、その後は今まで通りにやっています。日曜日の音楽仲間との練習が楽しいようで、最近は、朝食をとるとすぐに勤務先の音大にあるスタジオに向かいます。十年ぶりに楽器を手にする人がいたりするので本格的に合奏を始めるまでには至っていないようですが、秋子はリーダーとしてみんなの相談に親身に乗っているので徐々に信頼されていっているようです。でも、人前で演奏できるようになるまでにはあと三年はかかるだろうと言っています。彼女の負担を少しでも減らせないかと思うのですが……。実は今日こうして三人で登山ができるのは、秋子が気を使ってくれたからなのです」

「というと、今日は練習をしないのですか」

「ええ、各自、自宅で練習するようにしてもらったと言ってました」

「深美ちゃん、桃香ちゃんも楽しみですね」

「深美は、年末にはイギリスのホールで演奏する予定になっています。最初は何組かの演奏家と一緒にするそうですが、二十才までに一度は自分だけが出演するコンサートをしたいと言っています。桃香は今のところ、普通の小学生ですが、ヴァイオリンの先生の話では、センスがあるので上達が早い。将来が楽しみと言われています」

「そうですか、大川さん、アユミさんや子供さんたちはどうですか」

「うーん、やはり傾斜の急な坂道ではこのズボンはきついですね。あっ、家族のことですか。子供たちふたりは元気いっぱいですが、特に変わりはないですね。そういえば、アユミが、そろそろ自分も表舞台に立ってみようかなと言っています」

「そうですか、それはわたしも楽しみにしています。この前、深美ちゃんが帰国された時にアユミさんの演奏を初めて聴いたのですが、ダイナミックな演奏は聴衆に支持されることでしょう」

「そうですね。といっても秋子さんたちと共演するためにということなので、ピアノの独奏を聴いていただくということではないようです。派手なように見えるかもしれませんが、どちらかというと裏方が好きなようで、自分が教えた牛徒なんかが褒められた方が自分が褒められるよりうれしいようです。生徒は深美ちゃん以外にもたくさんいて、深美ちゃんの話を聞いて遠くから習いに来る生徒もいます。今のところ、転勤はないですね。ところで相川さん、あなたのご家族は」

「子供たちはもう大きくなっていますから、地道にやっているとだけ言っておきます。今のところ、転勤はないですね」

「そうだ、ここでこれからの講義のことやわたしが書く小説のことを話してもらえると思って来たのですが、相川さん、そろそろ」

「そうですね。それじゃー、そこの展望台で少しお話しすることにしましょうか」

小川、大川、相川の三人が見晴らしの良い場所に新聞紙を敷いて座るとすぐに、大川が自家製のおにぎりをリュックから取り出し、どうぞと言って小川と相川に手渡した。

「やあ、これはおいしそうだ。さっそくいただきましょう」

「でも、ゆっくり食べていて下さい。今からお湯を沸かしてみそ汁をつくりますから」

「登山用のコンロもお持ちなんですか。準備がいいですね」

「ええもちろん、それから木製のお椀とお箸も持って来ていますよ」

「それでは大川さん、ゆっくり味わわせてもらいます。ところで相川さん、ぼくの小説のことですが……」

「ああ、それなら小川さんが好きな時に原稿用紙に書いて送ってもらったら、次の集まりの時に少しアドバイスをさせていただこうと思っています」

「そうですね、お願いします。相川さんの指示通りにさせていただこうと思っていますが、その内容や結末についてどうしたらよいか、ご教示いただければと思っているんです」

「それは前にも言ったように、思いつくまま書いていってもいいし、先に結末を考えておいても……」

「どうもうまく言えないなあ。つまりぼくが言いたいのは、まず結末が決まらなければ、自由な発想で書いている最初の部分は本筋と関係のない無駄なもののように思えてきたのです。この前、出だしを考えて皆さんに披露したものの、どうしても結末が見えてこないのです。このままずっと書いていて、いつまでたっても結末に至らなかったらどうしようかと思うのです。そこでお訊きしたいのは、作家は具体的な結末を最初に用意してそれに向かってストーリーを展開しまとめていくのでしょうか」

「なるほど、律儀な小川さんらしい質問ですね。それについては、どちらでもよいとしか言えないですね。極端な話、未完成の作品にも優れた作品がたくさんあるのをご存知でしょう。漱石の『明暗』、ドストエフスキーの『カラマーゾフの兄弟』、スターンの『トリストラム・シャンディ』、音楽の中にも未完成でありながら、愛されている作品がたくさんあります。では未完成なのにそれを読んだり聴いたりするのはなぜだと思われますか。大川さん、どうですか」

「そうですね、文学作品の場合だったら、結末に至らない途中で何か楽しいことや恐ろしいことが起こって、読者が身を乗り出すからじゃないですか。興味を持たせる何かがあるからページをめくるのが楽しい。音楽の場合だったら、ある魅力的な旋律が出てきてまたそれが顔を出すのが楽しみというのかな。そういうもので小説や音楽が構成されていると考えると最初から結末を考えてしまってうまくまとまらないと考えるより、自分の小説はその過程を楽しんでもらえたらそれでよいと考えて、魅力的な登場人物を動かす方が楽しい作品ができるように思います」

「そのとおり。だから小川さんは今のところ結末を考える必要はまったくありません。現在の主人公の他に何人か登場人物を増やし、楽しい会話をさせながら物語を作っていけばいいのです。そしてこれで結末にしようと思ったら、じっくりとそれに向かって物語をまとめていけばいいんですよ」

「さあ、みそ汁ができました。それからもうひとつおにぎりを差し上げましょう。ぼくも音大で勉強したので少し作曲もしました。ひとつのすばらしいメロディを思いついてそれを大編成の管弦楽曲にすれば、後世に名を残す大作曲家になるかもしれませんが、小曲であっても愛らしいメロディがあれば人々の胸に感動を与えるものになります。だから要は創作意欲が湧いたら、原稿用紙や五線譜に書き出せばいいんですよ」

48

小川は無事に高尾山口駅に戻って来られたのでほっとしたが、意外なことに大川が苦痛に顔を歪めていたので驚いた。相川はいつものように余裕の笑顔を見せていた。

「大丈夫ですか、大川さん。でも当然のことかもしれない。高尾山といっても険しい坂道もあったし、さらに四十キロの荷物を背負うのだから、膝に大きな負担がかからないはずはありません。最初から大川さんの負担を減らすことを考えるべきでした。大川さんはぼくたちのためにいろいろ気を使って下さって有難かったのですが、大川さんが家まで辿り着けるか心配になってきました」

「でも、午後二時だから、まだまだ時間があります。とりあえずそこに喫茶店があるから入りましょう」

「それにしても、このリュックの中に何が入っているのですか。テントはぼくが持つとして、食料は今食べて残ったらここに置いて帰りませんか」

「いいえ、小川さんがテントを持って下さるのなら、食料は手提げ袋に入れ替えて、わたしが持ちましょう。あとは衣服や軽いものばかりだから、なんとか背負えるでしょう。どうです、大川さん」

「おふたりとも、気を使っていただいて……。そう、これなら大丈夫です。でも、おふたりにはご迷惑を……」

「気にしないで下さい。これから先も、大川さんと相川さんにはしばしばお世話になることと思います。そのことを考えると、今少しお役に立てたと思うと……」

「でも、今回こうして山で話ができたのはよかったんじゃないかな。喫茶店で講義するのとはちょっと違ってて。大川さんは少し張り切りすぎたところもあるけれど、いつものような硬さがなくて自然にわたしに話し掛けてくれたし。やっぱり、山はいいですね。またいつかどこかの山に登ることにしましょう」

「ぼくたちも賛成です。ねえ、大川さん」

「もちろん」


小川は久しぶりの山登りで疲労感があったので、帰宅後すぐに風呂に入り食事を済ませると、秋子に先に寝ると言って、書斎に行き布団を敷いて横になった。しばらくすると布団で身体が温められ心地よい疲労感が全身にひろがり、やがてディケンズ先生が待つ夢の世界へ引き込まれていった。

「小川君、どうだったかな、登山は」

「先生、登山というのはもっと高い山に登ることを言うんで、今日のは軽登山、ハイキングと言うべきものでしょう」

「でも、大川はへたばっていたが……」

「張り切りすぎたんですよ。でもおかげで楽しい一時でした。ところで先生、小説の結末についてどう考えられますか」

「そうだな、結末にしやすいのは登場人物の死ということになろうが、そうするとどうしても暗い小説になってしまう。主人公が亡くなって物語が終わる『骨董屋』や『二都物語』がそうであるように。結婚や目的の達成を結末にするとハッピーエンドとなるから、これは明るい小説ということになるだろう。『ニコラス・ニクルビー』『マーティン・チャズルウィット』『ディヴィッド・コパフィールド』『荒涼館』『リトル・ドリット』『我らが共通の友（互いの友）』はいずれも主人公の結婚を結末としている。そう書いたらきっと小川君から反論があるだろう、『マーティン・チャズルウィット』のどこがハッピーエンドなのかと。他に悪人の破滅でエンドとなる『オリヴァ・トゥイスト』『バーナビー・ラッジ』『ハード・タイムズ』もある。『大いなる遺産』のように主人公が成長して余韻を残しながら終わる小説もある。

というわけでわたしの小説には結末があるわけだが、『ピクウィック・クラブ』の最後は突然主人公がクラブを解散して終わりだから、結末と言えるかどうか」

「ぼくが知りたいのは、先生が結末を最初に考えておられたかどうかなんですが……」

「それはどちらとも言えないな。というのも書き進めていくうちに登場人物に情が移ってストーリーを変えることもあるだろうし、友人たちの勧めで極端な考え方が排除されることもある。大切なことはそういうことがあっても、破綻が生じないようにすることなんだ」

「よーく、わかりました」

49

小川は大川や相川そしてディケンズ先生に励まされて、腰を落ち着けて小説を書いてみることにした。

〈名曲喫茶ヴィオロンのマスターの許可を得て、日曜日の午後、混雑していないようだったら、一角を小説を書く時に利用させてもらうことにした。今日は日曜日だけれど雨の日だからか、お客さんは少ないようだ。いつもの席に座ってと。ここで音楽を聴きながら、毎日小説を書けたら幸せだろうな。初心者のぼくには、ただ自分で体験したことや本で読んだことをヒントに話を紡いでいくしかできないだろう。湧き出る泉のように面白い話を作り出せる力があればなあ……。でも相川さんから教えてもらった小説技巧を使うと、平凡な話でも読者に興味を持たせることができるかもしれない〉

『なんで彼はじっと睨んだままで楽譜を買おうとしないんだろう。その楽譜がほしいんだから、いいかげんにしてほしいな。ちょっと話し掛けてみよう。

「どうしたんだい、さっきからずっと同じページをぼんやり見ているけど……。その楽譜をぼくも見たいんだけれど……」「ああ、ごめん。でもぼくはこれを買うかもしれないから」「君、ピアノが弾けるの」「ううん」「じゃあ、楽器ができるの」「別にいいじゃないか」「楽器ができないのに楽譜を買うなんておかしいよ」「ちゃんとした理由があるんだ」

そうかこの子は近所に住む女の子に「蒼いノクターン」が載った楽譜をプレゼントしたいんだな。けれど高くて手が出ない。そういうことなら、協力できるかもしれない。

「ところで君は、「蒼いノクターン」の楽譜があればそれで救われるわけだ」「救われるだなんて。でもその通りだよ」「じゃあ、万事うまくいく方法を考えたから、君はその楽譜をぼくに渡して、外で待っていて」「うん……。でも……」「心配いらない。少し荒っぽいけど、君の願いは叶うから」「……」

よしそれでは、まずこの楽譜を三ヶ月かかって貯めた二千円で購入して。「はい、袋に入れて下さい」それから併設の文具店でカッターナイフを購入してと。一番安いのでいいや。「すぐ使うので、包装は結構です」では彼のところへ行くとしよう。

「やあ、待ったかな」「ううん、でもどうするつもり」「このカッターナイフで君が必要なところを切りとってあげるから、彼女にそれを上げるといい」「でも……」「ぼくは、「涙のトッカータ」や「エーゲ海の真珠」なんかを弾いて楽しむから。そうだ、ぼくは日曜日のお昼にこの書店に楽譜を見によく来るから、また会えるかもしれない」「困った時には、また頼むよ」

いつものように藤棚の下でラジオを聴いているかしら。やっぱりいたわ。この前にお願いしていたことどうなったか、尋ねてみよう。

「どうだった。楽譜見つかった」「見つかったけど、とても高くて中学生のぼくには手が出なかった……」「そうだと思った。けれどいつか買って、自分で演奏してみたいな」「だけど、そこで思いがけないことが起きたんだよ。ほら」「えっ、これは「蒼いノクターン」の楽譜だわ、切りとられたように見えるけど……。まさか」「安心して、これはぼくと同じくらいの年の子が購入した楽譜から切り取ったものなんだ。本屋でぼくの窮状を理解してくれて、大切な楽譜の一部を譲ってくれたんだ」「そうだったの。（そうだ、文化祭のことも相談してみようかな）うれしいわ。ところでもうひとつお願いしたいことがあるんだけれど……」「どんなこと」「もうすぐ、文化祭があるでしょ。わたしたちのクラスでは、ディケンズの『クリスマス・キャロル』をやろうということになったの。それを提案したのがわたしだから、台本を自分で作ろうと思っているの。それで……」「台本作りを一緒にしようというのなら、喜んで協力させてもらうよ」「ありがとう。じゃあ、来週までに『クリスマス・キャロル』の文庫本を買って読んでおくから、あなたもそうしてね」』

〈一人称の三つ巴というのも面白いんじゃないかな。三人の中学生の心の中を描いておいて、どういう結末を付けるかはこれからの成り行き次第だけれど、しばらくは小説を書くことを楽しんでみよう〉

小川がペンを置いて外を見ると、雨は止んでいた。

〈雨というのは嫌な天気という考え方もあるし、恵みの雨という考え方もある。雨は物事を行うには妨げになることが多いが、しっとりと身体を包んでくれる時には心地よいこともある。ほとんどの人がひとつの見方をしていて窮屈になっているのを、別の角度から自分の意見を述べて読者に共感を持ってもらう、こういうやり方で行くと無限の可能性があるから活路も開けるかもしれない。ああ、リクエストした、モーツァルトのフルートとハープのための協奏曲が始まった。本当に心地よいなあ。少し居眠りでもするか〉

小川が眠りにつくと夢の中にディケンズ先生とピックウィック氏が現れた。

「おふたりお揃いというのは珍しいですね。なにかよいことがあるのですか」

「そうなんだ、小川君。もうすぐ君との付き合いが四半世紀になるし、わたしの生誕二百年も近い。そこで事務局に交渉したところ」

「事務局ですか……」

「そうさ、その事務局が、小川君の夢の中にわたしの小説の登場人物をもうひとり……」

「そうです、わたし以外にもうひとり登場させてもよいと言われたのですよ。これは先生のファンとしてはこの上ない名誉なことです」

「へえー、でももうひとりというのは誰なんですか」

「小川君、ここがみそなんだが、実は好きな人物を君が選べるのだよ。多分、君は『マーティン・チャズルウィット』の登場人物は最初から考慮に入れないだろうな」

「小川さん、どうせなら自分が好感を持つ人物がいいですよ。長い付き合いになるんですから」

「というと」

「もちろん半永久的に断続的に君の夢に登場することになる。時にはわれわれと一緒に登場して、小川君と会話を交わすことになるだろう」

「そうですか、でも、急に言われても……。困ったな」

「まあ、慌てないで、自分が好きな登場人物を挙げていってみたらどうかな」

「そうですね。それじゃー、『オリヴァ・トゥィスト』のローズ・フレミング、『ドンビー父子』のフローレンス・ドンビー、『デイヴィッド・コパフィールド』のアグネス・ウィックフィールド、『荒涼館』のエスタ・サマソン、『リトル・ドリット』のエイミー・ドリット、『互いの友』のベラ・ウィルファー、『二都物語』のルーシー・マネットの中でどなたかを選んで下さい」

「なるほど、小川君はわたしの小説のヒロインに興味があるようだな。でも、『荒涼館』のデッドロック夫人や『ドンビー父子』のマックスティンガー夫人なんかも、味わい深い人たちだから、こうして話をするのも楽しいかもしれないよ」

「どうでしょう、今、『ドンビー父子』を読み始めたところでもあるし、フローレンス・ドンビーがいいと思うんですが」

「先生、どうせなら、マックスティンガー夫人も一緒に登場してもらったら、賑やかでいいですよ」

「ほう、それは面白い。もうひとり登場してもらっていいか、事務局に訊いてみるよ」

「……」

51

　祝日で特にしなければならない仕事がなかった小川は、久しぶりに読書で利用するいつもの喫茶店を訪れた。長い間読めずにいた『ドンビー父子』を百ページほどまとめて読み終えたところで一息ついた。

〈この小説の主人公のポール・ドンビーという人は、『マーティン・チャズルウィット』の主人公、若マーティンのように好きになれない人物だな。独善というか、感じが悪いというか。「ドンビー父子商会」の責任者で資産家のようだが、配偶者であるファニーを息子の出産の際に失っても何も起こらなかったかのように平然としている。姉のルイザ・チックやその知り合いのトックス嬢とは仲良くやっているが、他の人とはすべてけんか腰だ。自分の娘フローレンスに話し掛けるのも同じだ。そんな幼い少女にとって極めて居心地の悪い家庭環境に居ながら、いたいけなフローレンスは健気にも生まれたばかりの弟に精一杯の愛情を注いでいる。そんなドンビー家とまったく対照的に描かれているのが、船具商ソロモン・ギルズの店で、その甥のウォルター・ゲイや友人のカトル船長はディケンズ先生の小説でよく見掛ける愉快な登場人物だ。ウォルターは「ドンビー父子商会」で働いているのだが、そのおかげでフローレンスがスタッグズ・ガーデンズで見知らぬ老婆に連れ去られて窮地に追い込まれた時に救出することができた。このふたりは、この物語の中心となる登場人物なのだろう。『リトル・ドリット』『大いなる遺産』『我らが共通の友』は登場するカップルの恋愛の行方が大きな楽しみとなったが、この小説でもウォルターとフローレンスがどうなっていくかが楽しみだな。楽しみと言えば、ここで居眠りをするのもぼくは楽しみなんだが。ああ、ちょうどいい時に睡魔が……〉

小川が眠りにつくと夢の中にディケンズ先生が現れたが、今日は華奢な愛らしい少女と一緒だった。

「ああ、先生、その少女は、もしかして……」

「まあ、小川さんたら、そんな他人行儀なことを言って……」

「先生、その台詞を先生が言うのはおかしいと思います」

「そうだったな。フローレンス、小川君がああ言っているのだから、君から何か言ってやりたまえ」

「はい。でも、わたし、男性と話をするのは……お父さんやウォルターとしか話したことがないから……」

「小川君、フローレンスはああ言っているが、もう少しすれば、トゥーツ氏という気のいい青年に熱烈にプロポーズされるようになるから、楽しみにして……」

「先生、わたしが愛する人はウォルターだけなんですから、そんなことは言わないで下さい」

「ははは、そうだったな。悪かった。ところで小川君、『ドンビー父子』を楽しんでくれているかな」

「まだ、読み始めたばかりなので……。ところで味わい深いと言われる、マックスティンガー夫人はまだ登場しないのでしょうか」

「もうすぐそこだ。そこのところを小川君が読んだら、夢にも登場してもらうとしよう」

小川が自宅に帰ると秋子が、相川から手紙が来ていると言った。早速、小川は手紙を開封した。

小川弘士様

高尾山に大川さんと三人で行ってから小川さんから便りがなかったので手紙を出そうと思っていたのですが、遅くなってしまいました。それに原稿をいただいたので、一度お会いしないといけないですね。あまり忙しいとばかり言っていてはいけないのですが、今度またイギリスにしばらく行くことになったのです。次回お会いすると、少なくとも一年はお会いできないということになりそうです。ですから大川さんと共に三人で過ごす時間を提供していただければ、幸いに思います。もし今度の日曜日の午後でもいいよと言っていただければ、誠に有難く思いますし、永久にそのご好意を忘れることはないでしょう。

相川隆司

小川は早速大川に連絡し大川の了解を得たので、相川に手紙で了承の旨を伝えた。

52

週末に秋子と桃香が実家に帰ることになったので、小川は、土曜日はいつもの喫茶店でじっくり『ドンビー父子』を読み、日曜日の午後は大川と相川を自宅に招待してのんびりと話をするということに決めた。朝一番の新幹線でふたりを見送った小川は自宅に帰らずにすぐにいつもの喫茶店に向かった。小川がいつも陣取るトイレの前のテーブルが空いていたので、入口が見える椅子に腰掛けて『ドンビー父子』を開いた。

〈最近はここでゆっくり読めないが、どうなるか楽しみで自宅で少しずつ読んできた。冷徹なポール・ドンビー氏の独善に付き合わされる、フローレンス、息子のポール・ドンビー、ウォルター・ゲイなんかが気の毒でしょうがない。フローレンスは女の子で跡取りになれないというだけで自分の子供でないような扱いだ。男の子のポールが生まれたので、フローレンスと違う肉親としての愛情をポールに注ぎ込むのかと思っていたら、ピプチン女史という老女にきびしい躾をさせたり、ブリンバー博士の寄宿学校の先生に大学生に教えるような教育をさせている。普通の親なら子供の成長を見守るのだろうが、見守るどころか、学校で難しいことばかり強制的に教えるものだから、もともと体力がなかったポールは身体を衰弱させていく。第十六章でこの生まれてすぐに母親を失い愛情が欠落した父親によって育てられた（厳しい生活を強いられた）幼子は姉のフローレンスに見守られ、速やかなる河に乗って大海に注ぎ込まれるように幼い命を落としてしまう。可哀想に。その上、ポール・ドンビー氏は社員にもいじわるばかりしている。その最たるものは、ウォルター・ゲイの西インド諸島バルバドスへの派遣だ。恐らくウォルターはフローレンスと同年齢だから十代半ばなんだろう。そんな若い将来性のある社員に「バルバドスの会計事務所の下級職に人がいるそうだ」と言って左遷するのだから。ウォルターが自分の娘と仲良くして心の支えとなっているのを警戒しているようにも思えるし、どこまでこのポール・ドンビーという人は極悪非道の人なのだろう。ディケンズ先生の小説は勧善懲悪ものが多いが、主人公が悪人、といっても社会的には高い地位にある人なのだが、というのはこの小説だけじゃないのかな〉

小川が瞑想に耽っていると、入口の近くで関西弁で話す声が聞こえた。

「きみたち、今日は「イギリス小説の金字塔」と言われるディケンズの『大いなる遺産』について解説しよう」

「ディケンズって、イギリス人のか。日本人やから日本人が書いた小説を読んでたら、ええんとちゃうのん」

「そんなこと言うてるから、外国の人と仲良くやっていけなくなるんや。昔の人は外国の文化に対して謙虚やったから、外国の小説を文学全集なんかで読んで、ええとこを吸収することができたんやで」

「そうなんか、それやったら、ぼくたち、謹聴するで、きこきこ」

〈やっぱりこの本は文庫本を読むようにはいかないな。まあじっくり読むさ。でもディケンズ先生が言われていた、マックスティンガー夫人というのは、ウォルター・ゲイのおじさんで船具商のソロモン・ギルズの親友、ネッド・カトル船長の下宿のおばさんのようだな。アレキサンダー君の他にもたくさんの子供がいるようだが、これからどんな活躍をするのだろう。それからトゥーツ氏も亡くなったポールがせんぱいと言って親しくしていたブリンバー博士の生徒で、両親から莫大な遺産を相続したようだ。ポールが仲良くしていたディオゲネスという犬をフローレンスに届けたことからフローレンスに好意を持ったようだが……。そんなことを考えていたら眠たくなってきた。そろそろマックスティンガー夫人が夢の中に出て来るかな……〉

小川が眠りにつくと、ディケンズ先生がフローレンスを連れて現れた。

「小川君、フローレンスが寂しがっているので、何か言ってやってくれないか」

「そういえば、第十九章でフローレンスのボーイフレンドのウォルター・ゲイが「御曹司号」で旅立ったのでしたね。フローレンス、元気を出して。ディケンズ先生は正義の味方で弱者の味方だから、君を悪いようにはしないよ。それに女の子には特に優しいからね」

「そうかしら、『骨董屋』のネルや『オリヴァ・トゥイスト』のナンシーそれから『ディヴィッド・コパフィールド』のドーラは若くして命を失っているわ。それよりわたし、ウォルターのことが気になって仕方がないの」

「よく聞くんだ、フローレンス。ディケンズ先生は良識の塊だ。だから地道に生きているウォルターや君のような登場人物をぞんざいに扱ったりしない。安心して」

「わかったわ。小川さんの言うことを信じるわ。握手しましょ」

「小川君よくやった。じゃあ、この次はマックスティンガー夫人を連れて来るから……」

「どうすればいいんですか」

「カトル船長のように打ちのめされないようにするんだ」

「……」

53

相川からイギリスに行く前にもう一度会っておきたいとの手紙を受け取った小川は、それから二週間後に相川がよく利用するレストランで大川と三人で昼食会をすることになった。

「小川さんも大川さんもお忙しいと思いますのにわざわざ……」

「何をおっしゃる、相川さん……。ぼくたちの間で遠慮というのは御法度ですよ」

「ははは、そう言われるとこれからの会話も滑らかに進んで行くというものです」

「と言いますと、何か言い難いことを今から話されるのですか」

と小川が心配そうな顔をして言うと相川はにっこり笑いながらも、そうですすと言った。

「えーっ、やっぱりわたしの小説が面白くなかったんですね。苦言は謹んで受けますので、遠慮なく言って下さい」

「いいえ、小説のことではありません。実は、わたしのイギリス人の友人の面倒を見てほしいという、勝手で急なお願いを聞いてほしいと思いまして……」

「というと、あのベン……」

「まあ無理しないで、ベンジャミンと言ってもらえれば、彼はにっこりと微笑むでしょう」

「小川さんと知り合いの方なんですか」

「大川さんに話してなかったかしら。実は新幹線で三回お会いしていて隣の席に掛けられた時には……。話が長くなるので、ディケンズ先生が取り持つ縁で知り合いになったとだけ言っておきましょう」

「そうですか。で、相川さん、その方の面倒を見てほしいと言われると……」

「そうベンジャミン・ブリテン、自分では、ベン・ブリッジと名乗っているわたしの友人は、日本のある大学で教えているのですが、もっと日本人の生活について知りたいと思うようになったのです」

「でも、その方いやベンジャミンさんは確か名古屋にお住まいじゃなかったかしら」

「ええ、だから東京に来た時に、日本の文化の別の側面を見せてあげられないものかと思って……」

「ふうん、でもそれをどうされると言うのかな」

「まあ、意図はわかりませんが、日本の国を愛し、日本人が大好きで、日本でたくさんの友人を作りたいという気持ちは大切にしてやりたいと思うんです。引いては国際親善に繋がることですし……」

「そうですね。大川さん、引き受けてもいいんじゃないですか」

「まぁ、英語も教えてもらえるかもしれないし……。でも、相川さんは一年間イギリスに行って、東京にはおられないんですよね」

「そう、でも今日そのあたりのことをきちんとしてから、あちらに行こうと思っていますので、ご心配なく。一応、ベンジャミンを見てくださるということですから、今から電話を入れてこちらに向かわせます」

「まあ、なんと性急な」

「いえいえ、思い立ったが吉日です。で、彼と打ち合わせをしてほしいのです。多分、彼はわたしの抜けた穴を埋めるために月に一度くらい日曜日の午後こちらに来ることになるでしょう。もし可能ならおふたりのご家族とも親しくしていただこうとも思っています。どうしたのですか、大川さん」

「わたしはいいのですが、アユミがどう言いますか」

「ベンジャミンは小川さんや大川さんと同じ程の体格なのでひ弱に見えるかもしれませんが、ずっとボート競技をしていたので体力には自信を持っています」

「そうですか、安心しました。それでは、そろそろ、いつものお話をお願いします」

「承知しました。でも、その前にベンジャミンと連絡を取らせて下さい。都内にいるようにと言ってあるので、二時間以内にはここに来るでしょう」

54

相川は席に戻ると、一ヶ月程前に小川から受け取った小説の原稿を鞄から取り出した。

「それでは、お待たせ致しました。小川さんが書かれた小説についてわたしの意見を述べてみましょう。今回の原稿を読んで思ったことを率直に言いましょう。三人の男女が一人称で自分の心の中を見せて対話するというかたちで物語を進めるようですね。今のところ、ある人物の心の動きを描いてからふたりの対話というかたちですが、三人が絡む時にどうなっていくのか想像し難いのですが、この点はどうなさるつもりですか、小川さん」

「えーっ、相川さんが自由にやったらいいですよと言われたので、そのことは考えていなかったなあ。例えば、ふたりだけなら、二、三行で場面転換したりすると緊迫感が出て面白いかと思ったけれど、三人が絡んだ時にどうなるかは、考えていなかったなあ……。そうだ、必要な時に三人称の小説にして……」

「そうですね、そのように考えておられるのなら、しばらくは行き詰まることなく、進めて行けることでしょう。『クリスマス・キャロル』の台本を中学校の同級生の男女が仲良く、時には激しい議論を戦わせて作り上げるというのはとても興味があります。ディケンズの作品について掘り下げた意見も出されると思いますので、興味は尽きないですね。本屋で知り合いになった、隣町に住む中学生の動行も気になるのですが、しばらくは若きカップル……」

「うーん、相川さんは仲のよいカップルを想像されるのかもしれませんが……、今のところ、友人というかたちで進めたいと思っています」

「小川さんの言うとおりだと思います。中学生なんですから、カップルというのは」

「いや、これは失礼しました。中学生だというのを忘れていました。でも、子供の友情を描いただけでは児童文学のカテゴリーに入るのかもしれません」

「というと小説とは違うものになると……」

「いえ、小説の中に、純文学、児童文学、推理小説、大衆小説などが入ると考えていますので、小説であることには違いありません。問題となるのは、小川さんが書きたいものがどういうものかということです。大人が出てこなくって、子供同士の会話に終始するのなら、それはやはり児童文学です」

「でも、そうすると三人とも中学生だから、もうひとり大人の登場人物を入れるべきだとお考えですか」

「そうです。わたしは子供がやっていることが不十分で、大人が手を差し伸べなければ満足な仕事ができないと言っているのではありません。子供の中にもすばらしい才能を持った人もいるでしょう。でも小説の中で、子供同士の会話が延々と続くだけでは面白くないでしょう。小さな子供が大人からの影響を受けながら成長していくというのは小説の素材になりやすく、ディケンズの『デイヴィッド・コパフィールド』『大いなる遺産』はそのカテゴリーに入る小説ですので、小川さんも……」

「でも、既に登場している人物を減らして、もうひとり登場人物を増やすというのは難しいなあ」

「いいえ、登場人物を減らす必要はありません。もうひとり大人の登場人物を増やすべきです。いや二、三人増やすべきですね。今までと同じ一人称の小説でされるといいと思います。両親や兄弟というのでは劇的な要素に欠けるので、もっと自由な立場にある人がいいと思います。学校の先輩とか、近所に住んでいる謎の老人であるとか、こういった人の体験談などから浪漫的な展開に持ち込めれば小川さんの小説もずっと面白くなりますよ」

「なるほど、そういうふうに発展するのが面白いかもしれませんね」

「ということで、今の解説をいつもの講義とさせていただき、もうすぐベンジャミンも来ると思いますので、あとはいつもの小説を読み上げるとしましょう」

相川は小川が書いた小説の原稿を小川に渡すと、鞄の中から自分の小説の原稿を取り出した。

「イギリスに行ってしまうと、こうして原稿をお返しできないかもしれないので、コピーを送っていただいたらいいですよ。さて、前回から大分時間が経過してしまいました。前回は体調を崩して、講義だけをして、小説は手紙に同封して読んでいただくことになりましたが、読んでいただいていますか。そうですか。では続きを……。

『石山が課長と対峙して話をしていると、周りにいた耳敏い聴衆のひとりが言った。「どうもこの人は上司らしいぞ。上司なら、大道芸でも部下より秀でているはずだ。そうだ、この人にもお願いしようじゃないか。諸君」「そうだ、この人の上司なら、ヴェルディの「椿姫」のさわりの部分をひとり二役でやれるはずだ」「そんな、この人に失礼なことを言ってはいけない。この人はプッチーニの「ラ・ボエーム」の主要な登場人物六人の声を使い分けて、オペラを最後までやってくれるそうだぞ」「いやいや、もっとすごいことができると思うな。ワーグナーの「タンホイザー」の冒頭のタンホイザーとヴェヌスのやり取りのところを腹筋をしながら歌ってくれるんじゃないかな」課長は周りの沸き立つ期待感に恐れおのののき、石山の手を引いて一旦群衆の外に出た。「石山君、これは危険な状況と言えるんじゃないか」「いいえ、課長が何かをすれば、聴衆は満足して帰ると思います」「そうか、それならわたしにできることがひとつある。これだ」「わかりました。では、わたしが聴衆にアナウンスをしますので、そのあと頑張って演奏して下さい。皆さん、課長が今からトランペットの演奏を披露して下さいます。少し前衛的な演奏ですが、皆さんの気に入っていただけると思います。それでは課長、張り切ってどうぞ」「よーし、いくぞ。ピッピップープープープスプス……。あっ、みんな帰って行くじゃないか。もう一度、歌ってくれ、石山君」「はい、わかりました。デア ヘレ ラヘ コフト イン マイネム ヘルツェン トド ウントフェアツヴァイフルンク」「おお、いいぞ、聴衆が戻ってきたぞ。プウプウピピーッピピーップスッ、いかん、もう一度、頼む」「トド ウント フェアツヴァイフルンク フラムメット ウム ミッヒ ヘル……」「やはり、駄目だったか」「また、明日来られますか」「そうしよう」』

ああ、いいところに、ベンジャミンがやって来た。ここがすぐにわかったかな」

「オウ、ミナサンオソロイデスネ。ならハナシはハヤイです。ワタシは、ニホンの方とトテモ親しくなりたいのです。アイカワ、アンタとオマエはシットルけど、モウひとりのこの方はドチラさん」

「ああ、わたしのことですね。わたしは大川と言います。よろしく」

「よろしく。オウ、スゴい腕力ヤネー。トコロデアンタトクギなんやの」

「うーん、今日はこんなこともあると思って、トランポリンを持って来たんだ」

「おお、これはミニ木下大サーカスダわ。ニホンの方ってホンマにオモシロい人ばっかりヤネ」

「おいおい、この人は毎日鍛えてるから、こんな凄いことができるのさ。でも、気に入ってくれたようだね」

「オマエも久しぶりヤネ。ゲンキにシテイマシタか」

「はい、わたしは小川と言います。ベンジャミンさんもお元気そうで。これから、月に一回くらいお会いできるのが楽しみです」

「ソウやね。オガワってゆうとったな。ディケンズにトテモキョウミがあると。マア、ヨロシクオネガイシマス」

「立ち話もなんだから、みんなで夕食にどこかに行こう」

56

相川が、どこかに食事に行こうと言ったが、小川と大川は今いるレストランを出てわざわざどこかへ行く必要があるのかと思った。

「相川さん、名古屋から来られたご友人を歓迎したい気持ちはわかりますが、わたしはこれから家族との夕食を考えていたので……」

「ぼくも、日曜日の晩ご飯はぼくが作ることになっているので、ベンジャミンさんとお会いしたら、お暇しようかと思っていたんですよ」

「そうだったなあー、おふたりとも日曜日の夜はそういう事情があったんでしたね。困ったな……」

「……」

「でも、ベンジャミンさんが家に来られるというのなら、大歓迎しますよ。もちろん相川さんもご一緒に」

「ぼくもそう言おうと思っていたところです。ははは」

「オウ、ソレハネガッテモナイコトです。カマセンかったら、行こマイ……」

「おふたりのご家族とも親睦が図れるわけだから、それが一番いいかもしれないですね」

小川が自分で玄関の扉の鍵を開け、帰宅したことを告げると秋子と桃香がやって来た。

「実は、お客さんを連れて来たんだ。相川さんとその友人のベンジャミンさん。それから大川さんももう少ししたら、ここに来ることになっている」

「じゃあ、久しぶりにお寿司でも取りましょう。ベンジャミンさん、日本食は大丈夫ですか。そうですか。注文は桃香にお願いするわ。それから今日は久しぶりにとろろ汁をしようと思ってすり鉢で山芋をおろしていたんですよ。さあ、玄関で話もなんですし、お入り下さい」

「オクサン、オカマイなく。デレー歓迎よりも細やかなキクバリのほうがすきなんよ」

「ベンジャミンもああ言っているし、そんなに長居はしませんから」

「いえいえ、相川さんは近くイギリスに行かれますし、二次会で家に来られることも予想していたんですよ。桃香も、相川さんにヴァイオリンを聴いてもらおうと思って、さっきまで練習していたんです」

「そうですか。じゃあ、この音楽一家の紹介かたがた、ヴァイオリンとクラリネットの演奏をベンジャミンさんに聴いてもらうことにしましょう。じゃあ、桃香ちゃんから」

「わかりました。相川さんに聴いていただくために練習してきたのですが、ベン、ベン……」

「そうですね。ワタシノ名前少しいいにくいかもしれません。なんだったら、ディケンズの小説のタイトル『互いの友』を使わしてもらって、『互いの友』と呼ばれてはドウデスカ」

「ふふ、ベンジャミンさんって面白い方。でも、これから親しくしていただくわけだから、「友」という言葉が会話にしばしば出てくるのはいいことかもしれないわね」

「じゃあ、「友」さんと呼ばせてもらおうかしら。それでは、「友」さんと相川さんのためにしばらく演奏させていただきます。まずは、「ロンドンデリー・エア」からどうぞ。あら」

「ちょうどいい時に大川さんご一家も来られたようだ。中に入ってもらって……」

「オウ、この方のオクサンがこちらのデカイ方ですか。ひいいーっ、アンタなにすんのん」

「小川さん、実はアユミはさっきお酒を飲んだところなんです。行きたいって言ったから連れてきたんですが」

「うーん、もしかしてこういうこともあるかと思っていたが……。あっ、いいものがあるぞ」

57

小川はキッチンから擂粉木を持って玄関に戻ると、アユミにベアハッグをされて失神しそうになっている、ベンジャミンの目の前にその擂粉木の両端を持って差し出した。「友」さんは思わずそれを握った。

「ロープ、ロープ。アユミさん、ロープだから放さないと」

小川の意図がわかった、大川はすかさず唱和して、アユミが油断を見せた隙にベアハッグを解いて、ふたりの間に割って入った。大川はミスター高橋のように危険な技であることを訴えてアユミを賓客から遠ざけようとしたが、逆にアユミのキックを浴びて倒れ込んでしまった。

「ろーぷ、ろーぷ」

大川の後を引き継いだのは、彼の息子の音弥だった。すかさず小川、相川、ベンジャミンも唱和した。娘の裕美が唱和する頃にはアユミも正気を取り戻し、ベンジャミンに怪我がなかったことがわかるとみんな何事もなかったかのように笑顔でテーブルについた。

「さっきも言ったようにベンジャミンはボート競技で鍛えているので、身体は丈夫にできているんです。それから、アユミさんが活発なこともベンジャミンは知っています」

「というと、今のは挑発だと……」

「まさか、でも思ったまま言ってしまうのは、彼の悪い癖です」

「オオ、ソウやネ。ごめんね」

「ところで、さっき桃香が何か演奏するところだったんだが……。準備は大丈夫だね、じゃあ、聴かせてもらおうか」

「それじゃあ、わたしが、「ロンドンデリー・エア」と「美しきロスマリン」を弾いた後、お母さんが、「春の日の花と輝く」と「ユモレスク」を吹くのでご清聴下さい」

「オオ、スバラシイ。ところで、オオカワサンのところは、なにすんのん」

「そうだなー、アユミなにかできるかな」

「ベンジャミンさん、先程は失礼しました。名誉挽回のために張り切って弾かせていただくわ。シューマンの「子供の情景」なんてどうかしら。それから、わたし、相川さんのファンだから、ピアノ演奏をききたいな」

「わかりました。じゃあ、シューベルトの即興曲を何曲か弾かせていただきましょう」

　大川が相川とベンジャミンを駅に見送りに行った後、小川は秋子とアユミと三人で話をした。

「相川さんが留守の間、ベンジャミンさんが代わりを務めると言っていたけれど、今日みたいなことがしばしばあると身体がもたないなあ」

「ふふふ、まあ、今日はアユミさんお酒を飲んでいたから。アユミさんもベンジャミンさんに悪い印象は持っていないでしょ」

「ええ、むしろわたしはイギリスの文化に興味があるから、親しくしてもらっていろいろ教えてもらおうと思っているわ」

「なら話は早い。秋子さんは仲間とアンサンブルの練習をしないといけないから時々同席してもらうとして、アユミさんは子供さんを連れて毎回会に参加してもらおうかな」

「ええ、喜んで。でも、遠慮はしないから」

「……」

桃香のヴァイオリンの発表会に秋子が付き添うことになったので、小川は家事を終えた後、書斎に籠って『ドンビー父子』の続きを読んだ。

〈主人公ドンビー氏はバグストック少佐の紹介でイーディスとその母親と知り合いになるが、ディケンズ先生はこのふたりとドンビー氏の関係をどのように描いていくのだろう。イーディスの母親のスキュートン夫人は蝶よ花よと手塩にかけて育てた娘と言っているが、イーディスは最初の結婚で夫と死別したあたりから歯車に狂いが生じてしまったようだ。バグストック卿から紹介を受ける時には親子で温泉地で保養していると言いながらも、実際には花婿を物色していてお金にも困っているようだ。そこにドンビー氏が嵌ってしまったわけだが、心の交流をもたずにただ美しいというだけで結婚を決めたドンビー氏と、母親に甘やかされて育ち、母親が勝手に決めた相手と無理矢理結婚させられたイーディスとでは長続きすることはないだろう。イーディスがドンビー氏の言うことを聞かずに、社交界で夫ドンビー氏の役に立つことを拒んだ時からふたりの間には決定的な亀裂が生じたようだ。スキュートン夫人はドンビー氏とうまくいかないこともその原因だが、自分たちふたりの将来の姿を路上で会ったアリスとブラウン婆さんに見たのか、ふたりと出会ってからは心身ともに衰弱させていく。そういえば、ドンビー氏とイーディスという経済的にも社会的にも恵まれたカップルがうまく行かずに、フローレンスとウォルター・ゲイという若くて希望に満ちたカップルがまわりの人々に助けられて苦境を乗り切るというのがこの物語の主要な筋なのかもしれないな。もう三時か、夕方にならないと秋子さんたちは帰らないだろうから少し横になるか。一時間程したら買い物に行くことにしよう〉

小川が横になると、すぐに睡魔が襲って来た。霧が晴れたと思ったら、そこにディケンズ先生が現れたが、何人かの人が一緒だった。

「小川君、元気にしていたかな。最近、わたしの小説を読んでくれないんで……」

「すみません。公私共に忙しいもので、でも『ドンビー父子』を楽しんで読んでいますから」

「そうか、そうか。それだったら、わたしは、これからもわたしの小説を楽しんでくれと言うだけさ」

「ところで先生、ピクウィック氏とフローレンスは面識があるのでわかるのですが、他の方々を紹介していただけますか」

「実は、マックスティンガー夫人に出演交渉を依頼してきたが、断られてしまった。自分が創作した登場人物に無下に断られ、わたしは打ちのめされてしまった。そこでピクウィックに相談したところ……」

「先生、あとはわたしから説明します。そこでマックスティンガー夫人の代わりをしてもらう人を幾人かお連れしたんです。いずれも癖のある中年女性です。小川さんに気に入ってもらえるか、心配なんですが……。まあ、順番に言っていきましょう。まずは、『ピクウィック・クラブ』のバーデル夫人、次に『リトル・ドリット』のフローラ・フィンチング、『荒涼館』のジェリビー夫人、『デイヴィッド・コパフィールド』のヒープ夫人、『大いなる遺産』のミス・ハヴィシャム、『我らが共通の友（互いの友）』のウィルファー夫人で、みなさんこちらにお揃いですよ」

「それでこんなにたくさんの方が……。でも、ぼくはフローレンスだけで十分です」

「ねえねえ、小川さん、わたしのことそんなに気に入ってくれているの。うれしいわ」

「そうだね、深美や桃香と同じように接することができるし……。これからもよろしく」

「先生、ああいうふうに小川さんは話していますが、後に引けません」

「わたしもそう思うよ。ローテーションで出てきてもらったらいいじゃないか」

「そうですね」

「……」

59

小川は祝日の午後これといった用事がなかったので、名曲喫茶ヴィオロンで自分で持ち込んだレコードを聴きながら、小説の構想を練ることにした。

〈このマーラーの交響曲第三番はなんてすばらしい曲なんだろう、長大なところが玉に瑕なんだけど……。マスターがリクエストを受けてくれたからよかった。この曲は演奏時間が一時間四十分もかかる長い曲で、第一部と第二部に分かれている。第一部の行進曲が一番の聴きどころでそれで満足してしまうんだが、第二部の五つの楽章も、トランペットのソロあり、ソプラノの独唱あり、子供のコーラスありとても楽しい。そして終楽章の感動的な締めくくり。最後までほんとに飽きさせない。こんなすばらしい芸術作品を自分で創作してみたいなあ。ぼくには音楽的才能がないから、小説でということになるけれど……。そう思うと創作意欲が湧いてくる。だけど、この曲の第二部の最初の二つの楽章は少し冗長な気もするなあ。やはり睡魔が襲ってきた……〉

小川が眠りにつくと、夢の中にフローレンスが現れた。

「小川さん、うれしいことがあったから、報告にきたのよ」

「そうだったね、第四十九章でウォルターは無事帰ってきたと書かれていたなあ。フローレンス、ぼくの言った通りだっただろう。ディケンズ先生は決して君のような誠実な女性に辛い思いはさせないと……」

「そうね。先生は本当に素敵なおじさまだわ。そして小川さんは頼りになる相談相手といったところかしら。そこでさっそく相談に乗ってほしいんだけれど」

「なんだろう。ウォルターが帰ってきたら、めでたしめでたしだと思うんだけど」

「うぅん、それが……。帰っては来たんだけれど、なぜかわたしを避けているようなの」

「なぜだろう、出会った時からお互いに心を許した仲なのに……。でも、よく考えてみるとふたりは若いし、フローレンスは家出をしたけど、元はドンビー氏という大金持ちの娘だった」

「なにか、お父さんのことを言った？」

「いや、ところでフローレンスは日本の国技のことを知っているかな」

「さあ、柔道のことかしら、それとも野球……」

「いやいや、もっと古式に則った格調の高いものさ」

「ああ、すもうのことね。わたし、昔、双葉山のファンだったのよ。でも最近はあまり……」

「そのすもうというのはふたりでするものなのだが、これをひとりでするすると……」

「そう、その場合、ひとりずもうということになるわね」

「ぼくはなにもフローレンスにウォルターを思い遣る気持ちが足りないというつもりはないけれど、イギリスに帰っては来たけれど、若くて財産なんてもちろんないし定職に就けないでいる自分が、裕福な家庭で育った女性に満足できる生活を保障できるかについて悩んでいるということは簡単に想像できることだね」

「そうなの、ウォルターはそんなことを考えているのね。わたしはウォルターがいるだけで幸せなのに。わかったわ、じゃあ、あの手で……」

「そうだね、フローレンスが強い意思表示をしたら、ウォルターも何が一番大切か気付くかもしれないね」

「そうね。ありがとう」


小川が目覚めて辺りを見回すとすぐ隣のテーブルにアユミと大川がいて、マーラーの交響曲第三番の終楽章にじっと耳を傾けていた。小川は途中で声を掛けて感動の頂点に達しようとしているふたりを現実の世界へと引き戻すのが躊躇われた。それで小川は曲が終わってしばらくして、ふたりに声を掛けた。

「どうでしたか、今の演奏よかったでしょ」

「やあ、小川さん、お目覚めになられたんですね。気持ちよさそうに眠られていたので、声を掛けられなかったんですよ。今のは確か、アバドとウィーン・フィルの演奏ですね」

「そうです。アバドはいろいろな楽団と共演していますが、ウィーン・フィルとの共演は特にすばらしいです。

ブラームスの交響曲第一番、チャイコフスキーの悲愴交響曲なんていいですね。アバドはマーラーの交響曲では第七番「夜の歌」をシカゴ交響楽団と録音していますが、こちらも聴きごたえがあります。ウィーン・フィルはこの曲の終楽章やベートーヴェンの田園交響曲やブルックナーの交響曲第七番ですばらしい演奏を……」

「そうそう、ほんとにウィーン・フィルの弦はすばらしいと思います。ところで小川さん、ちょっと相談に乗っていただきたいのですが……」

「それはきっとベンジャミンさんとどのように休日を過ごすかということですね」

「そうなんです。彼は日本の文化をもっと知りたいと言っていました。どんなことを彼に紹介したら喜んでもらえるかなと」

「そうですね。大雑把に分けると二つの種類のものがあると思います。純粋な日本の文化と、西洋文化と日本文化が交流してその結果できた文化とが。大川さんもわたしも、前者は苦手でむしろ後者を得意とするところです。芸術だけに関して言うなら、前者としては、俳句、和歌、短歌、歌舞伎、小唄、民謡、落語、和楽、文楽などでしょうか。後者としては、外国文学そのもの、外国文学との接点になる翻訳、外国音楽の鑑賞、外国音楽との接点となる個人あるいは団体での演奏ということになるでしょうか。もちろんこの他にも建造物や工芸や着物などにも我が国独自の文化がありますが、われわれにはガイドブック以上の知識はないと言えるでしょう。だから自分の言葉でわかりやすく説明できる、音楽や文学のことを紹介すればよいと思います」

「あなた、他にもあるでしょ」

「そ、そうだったな。プロレスとか、大道芸とかかな。ぐえっ」

「そうじゃないわよ。あなた、山登りが好きなんでしょ。一緒に高尾山に登ったりすれば、一日楽しく過ごせるわ。高尾山なら、裕美や音弥も行けるだろうし」

「まあ、なにより、こちらからの押しつけばかりでは、彼も楽しくないでしょう。最初の会で、彼がどんなことを知りたいのか、活動的なのがいいのかじっとしているのがいいのかなどを尋ねておいた方がいいでしょう」

「そうですね。食べず嫌いなところもあるから、彼から希望があれば、日本の古典芸能を鑑賞したり、すもうを見に行くのもいいのかもしれない」

小川は玄関の鍵を開けて入る時に、秋子が既に帰っていることに気が付いた。

〈おや、今日は確か午後八時までアンサンブルの練習をすると言っていたはずなんだが……〉

「なにか話したいことがあるのかな。やあ、今日はいつもより……。わかった。やっぱり、話したいことがあるんだね。相談に乗ろうか」

「小川さんの帰りを待っていたのよ。お話を聞いてもらえるとうれしいわ。実は、勤務している音大の有志を募ってわたしたちの愛好会はスタートしたんだけれど、なかなか思いどおりに行かなくて……」

「ふうん、いつも元気に出掛けて行くから、君の悩みに気付かなかったよ」

「みんなでひとつのこと、基礎的な練習のことだけど、をしなくなって、曲目をグループごとに練習するようになると、だんだんまとまりがなくなってきたと言うか。前にも言ったけれど室内楽のアンサンブルというのは組合せがいろいろあって、ある曲目、例えば、シューベルトの八重奏曲をしようとすると、ヴァイオリン二名、ヴィオラ、チェロ、コントラバス、クラリネット、ファゴット、ホルン各一名の編成だけれど、これと全く同じ編成の曲というのはわたしが知っている限りないの。それで他は同じでヴァイオリンが一名だけになる、ベートーヴェンの七重奏曲を一緒に練習することになるわけだけれど、ベートーヴェンの曲の練習をする時はヴァイオリニストのひとりは何もすることがなくて、本を読んだり手紙を書いたりしている。最初はみんなやる気いっぱいで頑張っていたんだけれど、基礎的なことができるようになって一つの曲の練習を始めるとアンサンブルの構成員から外れた人たちが退屈に過ごすことが多くなってしまって。そんな時にわたしがまとめ役をするようにとリーダーを仰せつかったんだけれど」

「練習するスタジオがあまり大きくないから、同時に別の練習ができないという理由もあるんだろうなあ。今の話を聞いてぼくは思うんだけれど、時間割を作って、その時間に練習に出てもらうというふうにすれば、短い時間を有効に使えるんじゃないかな。今まではみんな皆勤賞で頑張ってきたけれど、これからは時間割の通りに来てもらえばいい。もちろん交代で休む日を作ってもいい。その日は休んでもいいし、それぞれ自宅で練習してもいいし、他のところでアンサンブルの練習をしてもいい」

「ふふ、小川さんもそう思う？　でも、それだけでは……」

「やっぱり……。ちょっと、書斎で」

「そうね、ディケンズ先生の意見を聞いてみるのもいいかもしれないわね」

「じゃあ、行ってくるよ」

小川が書斎で横になって眠りにつくと、夢の中にディケンズ先生が現れた。

「やあ、小川君、『ドンビー父子』を楽しんでいるかな」

「今日は先生の小説のことではなくて、相談に乗ってほしいんです」

「そうか、そうか。最近は小川君、心配事がなくなって、わたしのことをなんとも思わなくなったと少し気落ちしていたんだが……。わたしでよければ、なんなりと言ってくれたまえ」

「実は、秋子さんがアンサンブルのリーダーになって頑張っているんですけど、最近、メンバーとうまくいかなくなっているみたいで……。それで何かいい方法はないかと」

「そうだなー、こういう時は、わたしだったら、アユミさんと大川に相談するだろう。彼らは秋子さんが勤める大学の卒業生でもあるから、アンリンブルのメンバーにとけ込むことも容易くできるだろう。基礎的なことができているんだったら、アユミさんのピアノ伴奏で、どこか他のところでやってもいいだろう。好きな曲を練習したらいいし、アンサンブルのオリジナル曲を作ってくれと依頼したら、大川は喜んで何十曲でも作曲するだろう。ベンジャミンも入れると、よりハイレベルなことも可能になるから、今度のハイキングの時に三人に相談するといい」

「ベンジャミンさんも何か楽器をされるのですか」

「まあ、それはふたを開けるまでのお楽しみということで……。その時のことを考えるとなんだか楽しくなってきた。そうそう、昔はいろいろ、入場、退場で楽しんでもらったが、今日もそれを見てもらおうと思う。ピクウィック、用意はできたかな」

「みなさんお揃いですよ。いいですか、みなさん、わたしの指揮に合わせて、「春の日の花と輝く」を演奏して下さい。いっちー、にー、さん、どうぞ」

「そら、君もこの曲のことを覚えているだろう。秋子さんを掛け替えのない人だと思っているんだったら、ここはいいとこ見せないと。じゃあ、わたしは行くよ」

そう言いながら。ディケンズ先生は、万来の拍手を受けながら、演奏を終えたピクウィック氏と共に退場した。

「あら、早かったわね。どうだった」

小川は、秋子を抱きしめると言った。

「先生は、掛け替えのない女性を不幸にするなと言っていた。だから、君にいつまでも輝いていてもらおうと思う。でも、少し待ってほしい。来週の日曜日までには……」

「わかったわ。でも、待ち遠しいわ」

秋子は満足そうに小首を傾げて軽く頬に力を入れて小川を見つめたので、小川は容易く次の日曜日の話に移行することができた。

「ところで、来週ベンジャミンさんが家に来ることになっているけれど、どうしたらいいと思う？　大川さんもどのようにして歓迎するか考えていると思うけど、ぼくたちもなにかできないかなと思うんだ」

「ふふふ、小川さんはじっとしていないというか、他人任せにしないというか。そこがいいところなんだけれど。でも最初の日は大川さんとアユミさんにお任せしてもいいと思うわ。わたしも来週の午後はアンサンブルの練習でここにいないと思うし。一年間は月に一回こちらに来られるのだから、その半分くらいをホストファミリーとして受け入れてあげればいいと思う。今のところ月一回ということだから、二ヶ月に一回くらいはアンサンブルのリーダーを誰かに任せて、ベンジャミンさんと楽しい時間を過ごそうと思うの。そうそうわたし、思うんだけど、ひとつのところにじっとしているより、どこかに出掛けて親睦を深めるのがいいんじゃないかしら。山登りは少しハードだから、小川さんとわたしが一緒に行ったことがある、懐かしい場所なんかもいいかもしれない」

「でも、ふたりの思い出の場所は大切にしまっておきたい気もする」

「それじゃあ、小川さんはベンジャミンさんを家で持て成そうと思うの」

「そうじゃないさ、やはり外がいいと思う。でも、御茶ノ水、上野、渋谷なんかのふたりで行った場所はやはり大切に……」

「あっ、誰か来たようね」

小川が、いい時に来てくれたと言ったので、アユミと大川が来たことが秋子にもわかった。

「あっ、今日は秋子さんもいるんだ。それじゃあ、これから一年どのようにベンジャミンさんを歓迎するか、首をひねることにしますか」

「あなた、それを言うなら頭をひねると言うのよ。どうしても首をひねってほしいのなら、家に帰ってからしてあげるわ」

「そうだったね、じゃあ後でお願いしようか。ところで小川さん、これはぼくたちふたりの意見なんですが、どうでしょう。交代でホストファミリーをするというのは」

「ぼくたちも今その話をしていたところなんです。二ヶ月に一度なら、秋子さんも同席できると言っているし」

「なら、話は早い。来週はわたしたちの担当、次は小川さんと秋子さんの担当というかたちで一年間ベンジャミンさんを楽しませることにしましょう。ところで来週はこの前話題になっていましたが、高尾山に行きましょう。そうしてお弁当を食べながら、お互い自己紹介をするといいでしょう。お天気になるといいな。そうそう、晴れで高尾山に行くことになったら、お弁当はアユミが作りますので」

「裕美ちゃんと音弥くんも来るんですね」

「もちろん、ふたりとも自然が大好きだから。さっき来週高尾山に行くと言ったら、喜んでいました」

「相川さんは、明日ロンドンに向かうと言っていました。今から来週ベンジャミンさんを高尾山にお連れすることを伝えておきましょう。出発は早い時間がいいと思いますので、そうだなー、午前九時に京王線高尾山口駅の改札口前で待ち合わせることにしましょう。その旨、相川さんからベンジャミンさんに伝えていただくことにします。じゃあ、桃香もヴァイオリンのレッスンがあるし来週はぼくだけの参加になりますが、よろしくお願いします」

「わたしたちこそ」

63

アユミと大川が帰った後、小川は書斎に籠って会社の仕事を始めた。

〈次の日曜日はほとんど家に持ち帰って残業はできないだろうし、秋子さんが、今日の晩ご飯はまかせてと言ってくれたので、少しでも仕事を済ませておこう。でも、ここにくるとディケンズ先生の小説から熱いまなざしが寄せられているようで、どうしてもかつて熱中して読んだ本に目が行ってしまう。最近、いろいろあって、『ドンビー父子』をあまり読み進めることができなかったけれどようやく終わりに近づいた、ドンビー氏はイーディスと結婚したにはしたが、自分でどうにもならないものだから、腹心のジェームズ・カーカーに取り入ってもらおうとしてやっかいなことになったようだ。カーカーとイーディスがふたりで駆け落ちしたらしい。でもイーディスという女性はどんな男性に対しても冷淡で、カーカーに対しても辛く当たっている。カーカーは財産も名誉も投げ出してイーディスと新しい生活を始めようと目論んだが果たせずに、すっかり意気消沈してしまい朦朧として線路に……。支配人のカーカーを失ったドンビー商会はどうなってしまうんだろう。一方フローレンスとウォルターの間には子供ができたようだ。子は鎹というし、ウォルターに夫の責任だけでなく父親としての自覚も持たせることができたわけだから、これからふたりは末永く幸せにやっていくことだろう。後はドンビー氏とフローレンスがうまくやっていけるかが問題なのだが……。そんなことを考えていたら、睡魔が襲ってきた〉

小川が眠りにつくと、夢の中にフローレンスが現れた。

「小川さんのおかげでウォルターと幸福な日々が続いているわ。ありがとう」

「それはよかった。でも、ぼくが夢の中でフローレンスにアドバイスしたからうまくいったというのは……」

「あんまり真面目に考えなくていいのよ。女性から感謝の気持ちを示されたら、素直に受け止めるものよ」

「わかった。気をつけるよ。ところで『ドンビー父子』ももうすぐ終わりになるけれど、お父さんとうまくやっていけるといいね。応援しているよ」

「わたし、精一杯頑張って、お父さんに人間らしい心を取り戻してもらうつもりよ。今まで住んでいたお屋敷は見る影もなくなってしまったけれど、お父さんとわたしの家族のためにささやかでいいから共棲できる家を持つのよ。それから先はきっとうまくいくわ。小さな喜びでもみんなの力でうんと大きな喜びにするのよ。笑いの絶えない家にできると思うわ。あっ、先生」

「やあ、フローレンス、小川君とすっかり意気投合したようだね」

「先生、小川さんって本当にいい人。だからまた夢の中でお話しできたら……」

「そうだな……。でも、小川君が『ドンビー父子』をもう一度読むということはあまり考えられないな」

「先生……」

「どう思うね、小川君は」

「そうですね。確かにこの物語は、フローレンス以外は地味な人か傲慢な性格の人でフローレンスばかりが輝いているような気がします。カーカーやイーディスは善人とは言えないが、懲らしめ甲斐のない人物と言えます。カトル船長やトゥーツ氏はユーモラスな登場人物と言えますが……」

「やはり、あまり楽しんでもらえなかったかな」

「いえいえ、そんなことはありません。タイトルのドンビー氏とその息子を主人公として捉えるなら発展性がないと言えますが、フローレンスが主人公と考えて彼女が成長していくのをそっと見守ると考えると面白い小説になると思います。そういう意味でもぼくはこの小説を「フローレンス・ドンビー」という題にしてほしかった。でも、それが無理なことはよくわかっていますので、『ドンビー父子』のフローレンスに脚光が当たるようにと願っています」

「小川さんが言う通りになると、うれしいわ。またお会いしましょ」

64

小川は残り五十ページになった『ドンビー父子』を読み終えてしまうために、いつもの喫茶店に始業時から来店していた。

〈今、『ドンビー父子』を読み終えたが、やはりこの小説は、終わりの方はフローレンスばかりが目立つものとなっている。本当のところディケンズ先生は、フローレンスを主人公としたかったのかもしれない。けれどこの物語の最初のところでは、まだ五才程の少女だからそれが難しかったのだろう。それに芯はしっかりしているが、従順なフローレンスは父親ポール・ドンビー氏の意見を尊重せざるを得ない。ところが家出をしたあたりから自我が目覚める。船具商ソロモン・ギルズの留守をあずかるカトル船長のところに身を寄せるようになり、そうして将来を誓い合ったウォルター・ゲイが帰ってきてから、物語の中心人物になったような気がする。それまでは悪役のドンビー氏の広い視野でもって、物語を紡いでいく必要があったのかもしれない。もし最後までドンビー氏が中心人物で自分の周りが崩壊していく実況中継をさせたなら、途轍もなく暗い小説になっただろう。それを避けるために、ディケンズ先生は、同じ三人称の小説ではあるが、フローレンスの視点で周りの様子を描く物語に変えることにしたのかもしれない。そんなことを考えていたら、眠くなってきた〉

小川が眠りにつくと夢の中にディケンズ先生が現れた。

「いつもながら、小川君は鋭いな。君が言う通り、この物語は途中から主人公がポール・ドンビー氏からフローレンスに変わったと言えるだろう」

「なぜそのようなことをされたのですか」

「まあ、君もアユミさんから熱い期待を寄せられて小説家になると決心したのだから、自分が成長していく中で小説家の創作のプロセスを実感することだろう。だから詳しい話はしないが……。わたしはこの小説を書いたすぐ後に、『デイヴィッド・コパフィールド』を書いている。君も知っての通り、この小説は主人公デイヴィッドが自分の周りの出来事を一人称で語る小説となっている。それは、『ドンビー父子』で不満だった点を自分なりに改善しようとしたからとも言える。またその次の長編小説『荒涼館』では、最初、三人称で物語が始まったというのに、第三章では主人公エスタ・サマソンが自分の周りの出来事を語る一人称の小説に変わり、その後しばしば三人称の小説の中に主人公が一人称で語る「エスタの物語」が挿入されることになる」

「そうか、先生の時代には一人称、三人称の区別なく創作がされていたと……」

「そういうことではないんだ。もっとわかりやすく言おう。わたしは自分の小説の中で活躍する登場人物をできるだけ生き生きと描き、読者に感動を与えようと骨を折ってきた。『ドンビー父子』の小説の内容は大方決まっていたが、途中まで書いてみてドンビー氏の性格が暗すぎるので、もっと読者が好感を持つような人物を中心に持ってくるべきではないかと考えた。そこで考えたのが、フローレンスを家出させて、自分の意見を率直に述べられる女性にして、外からドンビー家の崩壊を描くことだった。もしドンビー氏がいつまでも物語の中心に居座ったと考えると、読者を楽しませる小説というのとは程遠いものになったろう。その次の長編小説でデイヴィッドを主人公に据えたのは、彼の物怖じしない性格が多くの人とのかかわりを可能にさせるからであり、多くの人から指摘されるように幼少時は少年とは思えない思考力と決断力と行動力を兼ね備えているが、読者に小説を楽しんでもらうためには許されることと思う。そして何よりディヴィッドの心の中を描いて見せることで、主人公の視野に入るものだけでなく主人公の心の動きも風景描写のように楽しんでもらうようにした。しかし一人称の小説は主人公の視野に入るものしか描けないので、不満が残った。『荒涼館』の手法は前作の問題点を改善させるために試行錯誤した結果と言えよう」

「よーく、わかりました。またこの小説を読みたくなりました。新訳が早く出るといいですね」

「そうだね、フローレンスも再開が待ち遠しいと言っていたよ」

65

小川はディケンズ先生と出逢って四半世紀以上になるが、起きる間際に夢の中に現れるということは極めてまれであった。

「小川君、そんなにのんびりしていていいのかね。今日はアユミさん一家と高尾山に登るんだろ」

「あっ、ディケンズ先生、でも心配しなくていいですよ。今日は大川さんとアユミさんがホストファミリーになっていて、ぼくはクラリネットを持って行くだけでいいと言われているんです。それにしてもベンジャミンさんはどんな楽器を演奏するのかな。木管楽器や金管楽器を演奏するようには思えないし、打楽器や鍵盤楽器をするようにも思えない。やっぱり弦楽器となるのだろうが、どちらかというときゃしゃなベンジャミンさんにはチェロやコントラバスは似合わない気がする。ヴィオラは地味な楽器だからベンジャミンさんの性格に合うかどうか……。どうしたんです、先生」

「わたしがわざわざこうして夢に出てきたということの意味が小川君にわかるかな」

「そりゃー、相川さんの親友であり、大川さんやぼくの英国への架け橋になってくださる、やさしく、律儀で、諧謔に富んだ英国人ベンジャミンさんと接する際の傾向と対策を教示していただけるのでは……」

「わたしはベンジャミンは誰とでもそつなく付き合いができる人物と思っているので、その点は心配してないが……」

「じゃあ、なぜ」

「小川君が三十分で出発の準備をするのは難しいんじゃないかと思って……。大切な人との付き合いの基本は時間厳守だよ」

「そうですね、おっしゃるとおりです」


ディケンズ先生に起床を促されて、小川が朝目覚めたのは午前七時三十分をかなり過ぎてからだった。

「日曜日の朝はみんな寝だめをするので、起きるのが遅くなる。起こしてくれるだろうなんて考えなければよかったな。でもディケンズ先生のお陰で……。さあ急がないと、アユミさんたちを待たせることになってしまう。ああ、秋子さん」

「あら、今起きたところなの？　お弁当はアユミさんが作ってくれると言っていたから、今日はいつもどおり八時までゆっくりしようと思っていたけれど……。やっぱり、起こしてあげればよかったわね」

「気にすることないさ。仕度にそんなに時間はかからない。前日、ちゃんと用意しておいたから。ほら」

「でも、ディケンズ先生が夢の中で、ベンジャミンさんが楽器をすると言われたからと言って、小川さんがマイ楽器をハイキングに持って行かなくてもいいと思うんだけれど。本来クラリネットは室内楽の楽器だから、直射日光が当たるようなところでの使用はしないでね。わたしが昔買ったリュック式のキャリングバッグがあるから、それを使えば持ち運びに苦労はしないけれど」

「ほんとにこれはいいねえ。四十半ばなのでちょっと恥ずかしいけれど……。そうそう、今日のために、「春の日の花と輝く」「ロンドンデリー・エア」「グリーンスリーブス」を暗譜で吹けるようにしておいたから、人通りの少ない木陰でベンジャミンさんに披露しようと思うんだ。あれ、もう来たのかな」

「わたしがアユミさんたちのお相手をしているから、小川さんは出発の準備して……」

「わかった。なるべく早くするよ」

「やあ、お待たせしました。でも、ご主人、すごい荷物ですね」

「おはようございます、小川さん。今日は、アユミの手料理を味わっていただこうとたくさんお持ちしました。朝早くからアユミがこさえたので楽しみにしていて下さい」

「そうですか、楽しみだなあ。ところで、そこのキーボードのようなものは……」

「キーボードです。アユミは屋外で演奏する時にはいつもこれなんですよ」

「大川さんにも、ベンジャミンさんが楽器をされるかもしれないとは言いましたが、何をされるかわからないし……」

「いえいえ、ディケンズ先生のおっしゃることに間違いはないです。それにもしされなくても、音楽でお持て成しというのも……」

「あなた、でもそのトランポリンは余計じゃない。参道でトランポリンをやったら警察の方がやって来ると思うわ。ここに置いて行ったら……」

「何を言っているんだ。参道でするからいけないんで、どこかでこっそりやればいいんだよ。ねえ、小川さん」

「まあ、今日のところは持って行くだけにして、どうしても必要であれば、迷惑がかからないように広いところでやればいいんじゃないですか。それよりもこの前も持参された、喫茶用具とコンロなんかは……」

「まあ、これはわたしの山登りの楽しみですので持って行かせて下さい」

「それにしてもこの前の荷物プラスアユミさんの手料理、キーボード、リコーダーとなると……」

「小川さん、そこのところは心配しなくていいの。わたしもキーボードと料理は持つし、子供たちにも協力してもらうから。ね、裕美に音弥」

「はーい、わかりました」

66

小川たちが京王線高尾山口駅の改札を出ようとすると、ベンジャミンが声を掛けた。

「オウ、コレはミナサンオソロイデスネ、今日はヨロシクオネガイシマス」

「こちらこそお願いします。そうだ、ベンジャミンさんは大川さん一家のことはあまり……」

「オガワさん、オマエ、ベンさんか友さんて呼んでくれたらエエのよ」

「じゃあ、ベンさん、こちらが大川さんご一家です。大川さんご夫婦と裕美ちゃんと音弥君。ぼくの家族は今日のハイキングには参加しませんが、次回にご一緒できると思います。今日は大川さん一家がベンさんを楽しませてくれると思います」

「ソウカイナ、楽しみにシトルヨ。よろしゅうに。ほなボチボチイキマ……」

「ところでさっきから気になっていたのですが、そこにあるトランペットのケースのようなものに入っているのは何ですか。楽器ですか」

「オオ、やっぱりオガワさんはスルドイですね。これはヴァイオリンです」

「それを弾かれるのですか」

「チョビットだけ」

「ジャンルはなんですか、やっぱりクラシックですか」

「ソウやね。バッハかな」

「無伴奏ソナタ、パルティータですか」

「ソラ、「シャコンヌ」もええけど、「G線上のアリア」はモットええよ。最近は小品ばかりを弾いトル。あとで聞いてもらうから。そうそう昔はブルーグラスのバンドにげすと出演しとった。「フォギー・マウンテン・ブレイクダウン」や「ブラックマウンテン・ラグ」なんて、ブルーグラス・ファンやなくてもダレでも拍子に合わせて足を揺すぶってしまうのヨ。コレホント。それで一回だけのつもりがのめりこんでシモウタン。ブルーグラスではヴァイオリンのことをフィドルっていうんやけどシットッタか」

「ブルーグラスですか。ぼくらが高校生の頃は京都でブルーグラスが花盛りで……」

「そうでしたね。ぼくもその頃関西でブルーグラスが盛んだったのは知っています」

「あなたたち、今日はブルーグラスの話をするんじゃないでしょ」

「そうでした、そうでした。今日の目的はハイキングで親睦を深めることなので。じゃあ、ここらでとりあえずトランポリンでもやりますか。ぐえっ」

「あなた、それよりわたしたちがのんびり話していると子供たちが退屈するじゃない。だからここはわたしがあなたを……」

「アユミさん、今日はご主人を投げるのとお酒はやめておきましょう。そうだ、ベンさんに大川さんのご家族のことをもう少し話しておきましょう。アユミさんはクラシックだけでなく、ジャズ、ポピュラーなんでも弾きこなせるピアニストなんです。家内や娘が伴奏で世話になっているんです。ご主人も音大出身で作曲、編曲が得意ですが、どんな楽器でも少しは演奏されます。でも普通の会社員です」

「おお、コチラさんはサーカス団員ではなくてさらりーまんだったのデスカ」

「それから子供さんおふたりも英才教育を受けてかなり楽器ができると聞いています。今日は裕美ちゃんと音弥君の演奏が聴けたらと……」

「ところでオガワさん、オマエはナニカヤットルン」

「ぼくはクラリネットを習って五年になりますが……。そうそうここにマイ楽器がありますす」

「オガワさん、オマエも楽器持って来てるンカ。ナンカキカシテ」

「じゃあ、山頂でごはんを食べた後で適当な場所を探しましょう」

「それが、エエね」

67

小川ら一行は高尾山山頂に着いた後、落ちついて昼食を取りそのあとお互いに音楽を披露し合える木蔭のある空間がないかと探しながらぼちぼち下山し、かなりハイキングコースを外れたところでそれにちょうどよい場所を見つけた。

「小川さん、ここなら、通行する人も少ないし比較的平坦だから、演奏も思いっきりできますね。誰がトップバッターかな」

「大川さん、それより、昼食を先にいただきましょう。裕美ちゃんも音弥君も、お腹すいているだろ。もうお昼をだいぶ過ぎてしまった。でも帰りにケーブルカーを利用したら、時間の節約ができて登る時ほど時間はかからないだろうから、ここではゆっくりしましょう」

「オウ、オガワさん、ワタシノコトは気にせんでエエヨ。今日中に名古屋に帰れたらエエのんやから。それよりワタシ、オガワさんのクラリネット、はやくキキタイデス」

「じゃあ、大川さん夫婦が昼食の用意をしている間、わたしの拙い演奏をお聴きいただくことにしましょう。といってもリコーダーと違ってクラリネットは組み立てて、ロングトーンの練習、指慣らしをして楽器を温めてからでないと……。それにわたしの拙いクラリネットソロを聴いてもらっても……」

「小川さん、心配しないで。わたし、伴奏するから、即興で音をつけるから、思いっきり吹いたらいいわよ」

「あっ、アユミさん、ありがとう。それでは少し話をしてから、演奏することにします。今日はみなさんお集まりいただき、ありがとうございます。本日は遠路はるばるイギリスからわたしどもの国、日本にお越しいただき、日本の文化に興味を持たれ長年両国の交流のために尽力されてきた、ベンジャミンさん、ベンさんのためにささやかではあるけれどもなにか心に残る一時を一緒に過ごさせていただこうと考え、この場を設けさせていただきました。ベンさんは今後一年間わたしたちが開催する親睦会に参加されますが、相川さんの親友でもあり、ディケンズ文学の愛好家でもあられるベンさんに精一杯日本の文化の素晴らしさを紹介させていただき、今度、ベンさんが相川さんに会われた時に充実した内容だったと言われるように頑張りたいと思っています。大川さんには、本日の会を主催していただきましたが、一年間大川さんとわたしが交代でベンさんのお持て成しをさせていただこうと考えています。そういうことですので、よろしくお願いします」

「アリガトゴザイマス。ワタシもアンタ等になにかテイキョウできないかとオモットルんよ」

「そうですね。一方通行ではなく交流の場になるといいですね」

「ソウやね。じゃあ、そろそろ、小川さん、ハジメテ」

「今日は肩の凝らない会にしたいので、わたしが演奏していても食事は取って下さい。じゃあ、今から、「グリーンスリーブス」「ロンドンデリー・エア」「春の日の花と輝く」の順でクラリネット演奏をします」

小川の演奏は初心者の演奏の域を出るものではなかったが、アユミの即興演奏（キーボードでピアノの音を鳴らしていた）は聴いている人の心を捉えて離さない感動的なものだった。〈そうか、アユミさんのように長年音楽をしてきた人なら、パートナーが危なっかしい演奏をしていても支えることができるんだ。ぼくは暗譜した旋律をそのまま吹くことしかできないけれど、アユミさんの演奏は本当にすばらしい。即興で伴奏をつけるだけでなく時には主旋律を弾いている。あっ、ベンさんがヴァイオリンを取り出した。ここのところは彼にまかせるとしよう〉

「オガワさん、アユミさん、ドウモアリガトゴザイマシタ。ワタシもアユミさんの伴奏でクラシックの小品を弾かせてもらおうと思いますが、それはノチホドということで。イマはフィドル独奏で三曲聴いていただきましょう。「オールド・ジョー・クラーク」、「クリップル・クリーク」、「ビリー・イン・ザ・ロウグラウンド」です」

ベンジャミンがフィドルの演奏をはじめてしばらくすると、裕美はスプーンのパーカッションを、音弥はハーモニカでの伴奏を始めた。大川とアユミはそれをにこにこしながら眺めていた。

今日のハイキング参加者が演奏ばかりしていて昼食を食べないので小川が心配していたところ、アユミが夫に話しかけた。

「あなた、みんなの箸が進まないから、トランポリンをしながらこれからどんなことをしてベンさんを持て成すか説明して……。と言いたいところだけど、舌を噛む恐れがあってそれは御法度なので、先にトランポリンをしてから、これからの予定を……」

「そうだね、ここは広いし、日頃の成果をみんなにたっぷり見てもらうことにしよう」

「あなた、調子に乗りすぎるのはやめてね」

「当たり前じゃないか。それじゃー、いくよ」

「うっ、すすすすごい」

「きゃっきゃ、お父さん、今度はムーンサルトだよ。やったーっ」

「オオカワ、アンタの持ちネタがようさんあるのシットルから、ソロソロ次に行かんと」

「じゃー、次はこれからの予定について話しましょう。先程小川さんが歓迎の挨拶をされた時に日本の文化のすばらしさを紹介するというフレーズがありましたが、今まで紹介した山登りや西洋音楽の演奏というのも日本独自の文化と言えると思います。でもそれらは日本の文化ではないとおっしゃる方がおられるかもしれません。そこで少しだけ補足説明をさせていただきたいと思います。明治、大正、昭和という時代は鎖国政策が解かれ、今まで遠い存在だった西洋の文化が奔流となって日本に流れ込んだ時代だと思います。中には日本の文化に馴染まないだけでなく、悪影響となったものもあります。でも多くの西洋文化はぼくたちの生活にうるおいや活力を与えてくれ、心を豊かにしてくれました。文化というものは何もその国固有のものに限る必要は全くありませんし、ある国の文化が別の国に持ち込まれかたちを変え、より優れたものになったという事例は枚挙にいとまがありません。特に山登りというものは、日本の美しい自然のおかげで、他国に類を見ないような発展を遂げた文化だと思います。またクラシック音楽も日本の民族音楽のすばらしさだけでなく、日本人の感性、手先の器用さによって大きな発展を遂げてきたと思います。そういうわけで、どこかに出掛けて音楽を楽しむというのをぼくたちができるベンさんへのお持て成しと考えています。今日のように自然の中でできればよいのですが、楽器や歌声を楽しむためにはスタジオを借り切ってするのがよいのかもしれません。でもたまにはこうしてハイキングをしながら音楽を楽しみたいと考えていますので、ベンさん、よろしくお付き合い下さい」

「オオカワ、アリガトウ。で、オガワ、アンタはナニしてくれるん」

「ぼ、ぼくですか。うーん、考えてなかったけど……。思いつくまま、答えちゃえ。ぼくはベンさんに東京の穴場をお教えします」

「オオ、穴場、ですか、大穴ではありませんね。ソウデスネ。では、鍾乳洞や風穴のコトですか。チガイマスか、そうだモット英国人にわかりやすい表現で言ってクダサイ」

「そうだなー、少しの人しか知らない面白いところと言えばわかってもらえるかな」

「キット、オガワはいつも秋子さんを連れ出して、この人と一緒ならどこでも面白いと言ってゴマカシそうですが、楽しみにしています」

「そうだった。ごめんなさい、秋子さんとの約束を忘れていました。長い話になるので、みなさんの演奏が終わってからお話しすることにします。みなさんのご協力をお願いしたいのです」

「じゃあ、その時にコーヒーを入れますか」

「小川さん、小説のことも言っておいたらどうかしら」

「あっ、そ、そうだ、その方がいいのかな。でも、ベンさんにややこしいことを言ってもわからないだろうし」

「じゃあ、わたしが言ってあげるわ。ベンさん、小川さんは、将来、『日本のディケンズ』と言われるグレートライターになるのよ」

「アユミさん、グレートライターだなんて、百円ライターがいいところだよ。ははは」

69

ベンジャミンは、小川とアユミのやりとりをにこにこしながら眺めていたが、小川が謙遜しているのを見て会話に加わった。

「オガワの小説のことは相川から聞いています。それから秋子さんがアンサンブルを纏めるのに苦労しているということも。オガワの小説については地道に頑張りなさいとしかイエナイけれど、秋子さんのためにできることはたくさんあるんじゃないかとオモイマス。ここに、オオカワとアユミさんがいるのでおふたりに提案したいのですが、あと少なくとも五回、オオカワが世話役になって親睦会が行われます。その内の三回はスタジオでお互いの音楽を披露し合うということに今のところなっていると思うのですが、その時に秋子さんがアンサンブルの練習をしているところにオジャマしてはドウデスカ。ワタシは以前音大の学生にヴァイオリンを教えていたこともあり、少しは役に立つかとオモイマス。オガワがよければ、オガワが世話役の時にも秋子さんが練習しているところにイッテモ……」

「その提案はぼくには願ってもないことなのですが、大川さんご夫婦にはどうなんでしょうか。どのようにお持て成しをすればベンさんに喜んでいただけるか、考えておられたでしょうし……」

「小川さん、正直言って、ぼくたちがお持て成しできることって、音楽かどちらかへお連れすることくらいしか思い浮かばなかったのです。ベンさんからそれでよいと言われたのなら、あとはぼくたちができるだけ楽しい時間を過ごせるようにすればいいんだと思います。楽しい一時というものは永遠にその人の脳裏に刻まれるものですが、必ずしもすばらしい情景が心に残るのではなく、むしろその時の心が通った会話や印象に残るやり取り（この中に音楽も含まれますが）がよい思い出となって心の奥にしまい込まれるのだと思います。そうして何かの切っ掛けがあれば、楽しかったことがよみがえってくる」

「あなた、そんな難しいことを言うから、子供が退屈しているわ。これからのことはこれくらいにして、子供たちと練習したのを見てもらったら。それからわたしは小川さんと秋子を応援するつもりだけど、あなたももちろん、そうよね」

「何を言っているんだ。当たり前じゃないか。いつもお世話になっているおふたりに恩返しができる、こんな有難いことはない。小川さん、そういうわけですから、遠慮なくなんなりとおっしゃって下さい」

「本当にありがとうございます。ベンさんも大川さんもアユミさんも」

「それでは、これからしばらくは日英のボーイソプラノの共演ということで、英国と日本を代表するボーイソプラノの物まねをお聴きいただきましょう。最初は英国を代表してアレッド・ジョーンズが十八番にしていた曲を二曲お聴きいただきましょう。グノーとシューベルトの「アヴェ・マリア」をお聴きいただきます。こちらは、わが最愛の息子音弥がボーカル、伴奏は最近めっきりきれいになったと評判の我が娘裕美がキーボードで伴奏をします。一方、日本を代表するボーイソプラノと言えば……」

「誰だろう……」

「もちろん、フィンガー5の晃です。そういうわけで、「個人授業」と「恋のダイヤル6700」をお聴きいただきます。

出会った頃からわたしを愛し慕ってくれ、時には愛情のこもった鉄拳制裁もしてくれる妻アユミが伴奏をします。歌はわたしということでお贈りします」

大川親子の共演は無事終わったが、気がつくと多くの人が何重もの輪をつくって演奏を楽しんでいた。小川や大川はヴィオロンでのライヴの経験はあったが、オープンスペースで五十人以上の観客を前に演奏を聴いてもらったことはなかった。

「オガワさん、オオカワさん、ここはワタシに任せて下さい。多くの聴衆の前での演奏は慣れていますから。じゃあ、アユミさん、打ち合わせ通りに……」

アユミはにっこりベンジャミンに微笑みかけてから、キーボードの演奏を始めた。

小川はアユミの伴奏でベンジャミンがクラシックの小品をヴァイオリン演奏するのを見ていたが、ふたりとも楽譜を見ないで何曲も演奏できるのに舌を巻いた。

〈やはり、旋律だけ三曲を覚えるのがやっとというぼくとは大違いだな。コツがあるのかもしれないが、やはり音楽理論をよく知っていないとできないことだろう。五年ほどクラリネットを習ったからといって、基礎的なことができていなければただ主旋律を伴奏に合わせて吹くことができるだけで、他の楽器との共演なんていつまでたってもできないだろうな〉

「あっ、大川さん、先程は楽しい演奏をありがとうございました」

「いえいえ、あれは実は子供をその気にさせるための技だったんです」

「技？　ですか」

「そうです。音弥は姉の裕美のようにクラシック音楽に興味を持たずに本ばかり読んでいるのですが、今日のこの機会をうまく利用すれば音弥も少しはクラシック音楽に興味を持ってくれるかなと思ったんです。フィンガー5はそのためのいわばおやつのようなものです。音弥にはこう言ってきたんです。音弥、今度、高尾山に登った時にみんなの前で四曲披露しようと思う。音弥と一緒に練習しようと思うが、お父さんはフィンガー5のファンだから踊りだけを手伝ってくれ。あとの二曲は音弥が好きなようにやったらいいんだよ、そうして毎晩のようにわたしがフィンガー5の曲を歌い始めると条件反射のように音弥がわたしのところに来るようになったのです。グノーやシューベルトの「アヴェ・マリア」ではこうはいかないですからね」

「……」

「そうしてふたりで「個人授業」と「恋のダイヤル6700」を歌って踊り終えるとグノーとシューベルトの「アヴェ・マリア」の練習に移っていったのです。これは大変うまく行きましたので、次も昔のアイドルグループの曲とクラシック音楽を一緒に音弥に練習させようかと思っているんです」

「でも、晃くんのようなアイドルはなかなかいないんじゃないですか」

「それが問題なんですが……。どうやら演奏が終わったようだ。ベンさん、お疲れさまでした」

「オウ、こんなすばらしいピアニストと共演できたなんて、ワタシはなんてシアワセモン」

「さあさ、みなさん、コーヒーを入れたのでどうぞお召し上がり下さい。でも、ベンさんはどこでヴァイオリンを習われたのですか」

「ワタシの両親もオオカワとアユミさんのようにクラシック音楽好きで早くからワタシにヴァイオリンを習わせたというワケナンデスが、ワタシの場合、クラシック音楽だけではもの足らなくなって、ワールドミュージック、民族音楽にも興味を持ち、演奏もするようになったノデス。といってもヴァイオリンはギターほど行き渡っていないから、シャンソン、カンツォーネ、ブルーグラス、タンゴ、ジプシー音楽のよく知られた曲を演奏するくらいデス」

「まあ、話は尽きないところですが、一ヶ月後にまたお会いできますし、今日のところはこらで……」

「ミナサン、ホントに今日は楽しい時間を過ごさせていただきました。これから先のことは帰途ぼちぼち話すことにしましょう」

「あら、お帰りなさい。どうだった」

「いやー、ホントに楽しかったよ。ベンジャミンさんも一緒になってミニコンサートをしてきたよ」

「ふふ、それはよかった。桃香も帰宅しているし今からお風呂に入るといいわ。それから夕飯を食べたら、今日のハイキングの話を桃香と一緒に聞かせていただくわ。楽しみだわ」

71

小川が風呂から上がると、秋子と桃香は夕飯の席に着いていた。

「さあ、何から話そうか」

「そうねえ、やっぱりベンジャミンさん、ベンさんの演奏する楽器が気になるわ」

「きっとわたしと同じヴァイオリンだと思うわ。だってベンさんのことをわたしは友さんと呼ぶことに決めているんだから」

「正解。それに音大の学生に教えていたと言っていたくらいだから、かなりの腕前みたいだよ」

「だったら、今度来られた時に友さんにレッスンをお願いしようかな」

「今度ベンさんにお願いしてみるよ。ところでこの前お母さんが言っていた、アンサンブルのメンバーを奮い立たせる妙案がないかということだけど……」

「そうそう、どうしたらいいと思う」

「この前、今日、説明すると言ってたから、大川さんやアユミさんそれからベンさんに相談するということはなんとなくわかっていたと思うけど、お三方にお願いして、アンサンブルの練習に同席してもらうことに快諾を得たんだ」

「そう、よかったわ。お父さん、大川さん、アユミさん、ベンさんの四人がわたしの味方になってくれるんだったら、これは怖いものがない状況と言えるんじゃないかしら」

「そう言ってくれると、矢でも鉄砲でも持ってこいと言いたくなるね」

「そう、じゃあ、ひとつ提案したいことがあるんだけど、いいかしら」

「なんなりと、言いたまえ、はっはっは」

「大川さんはムードメーカーで全体の状況を見てポイントを押さえてくれるし、アユミさんはピアノ伴奏で細かい指導をしてくれると思うの。そしてベンさんは弦楽セクション、わたしは木管と金管楽器のセクションの強化に励むけど、お父さんには特に教えてもらうセクションがないの……」

「じゃあ、ぼくは行かない方がいいのかな」

「いいえ、そうじゃないわ。最後まで聞いて。来月、ベンさんがこちらに来られた時に早速練習に来ていただけると期待しているけど」

「ああ、そのことなら大丈夫だよ。次回はぼくたちがベンさんのお持て成しをする番だけど、大川さんご一家と一緒にお母さんがアンサンブルの練習をしているところに行くことになったから、ベンジャミンさんには正午頃、家に来てもらうようにと言ってある」

「それから練習会場に来てもらうんだけど、最初の挨拶をお父さんにしてもらいたいのよ」

「挨拶って、なんの」

「それを一言で言うのは難しいけど、それこそやる気を引き起こすものであり、芸術家魂を奮い立たせるものであり、創作力を喚起させるものであり、チャレンジ精神を鼓舞させるものであり、イマジネーションを無限に触発するような……」

「う〜ん、要はメンバーの気持ちを高揚させて、一つの目標に集約させる。その過程で自主的に創造力をフルに働かせるようにするといった感じかな」

「そう、そういう挨拶を最初にしてもらえたら、メンバーの人たちに好感を持ってもらえてうまく溶け込んでいけると思うの。そうそう、ただ、固いだけの挨拶ではなくて、ディケンズ先生仕込みのユーモアをいっぱい盛り込んでほしいな」

「わかった、君のために一所懸命に挨拶文を考えるよ。さあ、食事をいただくぞ、お腹がぺこぺこなんだ」

「きょうは本当にごくろうさまでした」

'72

夕食後、小川は使命感からすぐに書斎に行き机に座って挨拶文を考えようとしたが、昼間の疲れの波が押し寄せて来てその波に引かれるようにディケンズ先生が待つ、夢の世界に入っていった。

「やあ、小川君、今日はいい日じゃなかったかね」

「あっ、ディケンズ先生。先生がおっしゃるとおり、ベンジャミンさんやアユミさんたちと楽しい時間が過ごせました。それに秋子さんにも明るい展開を約束できたし。おや、今日はピクウィック氏もご一緒ですか」

「そうなんだ、わたしひとりだとどうしても言い忘れたりするんで、ピクウィックに代わりにしゃべらせたりするんだよ」

「もしかして、それがヒントなんですか」

「いつもながら小川君は鋭いが、意味をはき違えないようにしてほしい」

「と言いますと」

「挨拶文を部分的に他の人に読ませるのではなく、自分で心を込めて読み上げることは一番大切なことなので、このことはどんなことがあってもきちんとするべきだ。でも単調な口調で延々と続き、聞いている人を退屈にさせるなら、アンサンブルのメンバーの心を摑むのは難しいだろう」

「では、どうすれば」

「話は変わるが、小川君はわたしの書いた小説のうち、翻訳ではあるが、『ニコラス・ニクルビー』『ハード・タイムズ』以外は読んでくれているが、これから先はわたしの小説をただ読むだけでなく、部分的に吟味する、つまり英文学者の先生たちがしておられるようなことをやってみてはどうだろうか」

「分析ですか……」

「そう言うと味気ないものになってしまうが、例えばわたしの小説には、ここにいるピクウィック氏（『ピクウィック・クラブ』）の他、ピップ（『大いなる遺産』）、デイヴィッド（『デイヴィッド・コパフィールド』）、エスタ（『荒涼館』）、エイミー（『リトル・ドリット』）、オリヴァ（『オリヴァ・トゥイスト』）、スクルージ（『クリスマス・キャロル』）、シドニー・カートン（『二都物語』）、ベラ・ウィルファー（『我らが共通の友』）、フローレンス（『ドンビー父子』）など、もちろん他にもたくさんいるが、魅力ある人物をたくさん登場させている。『ニコラス・ニクルビー』は翻訳物が入手できれば是非読んでほしいが、『ハード・タイムズ』は『骨董屋』『マーティン・チャズルウィット』のように、小川君が気に入るような主役級の人物は登場しない。となるとやはりわたしとしては小川君とこれからも付き合いをしていくためには……」

「そうか、新訳が出る度に新たな気持ちでその本を読み、小説を読みながら魅力的な人物の言動を見出して行くという作業をするわけですね」

「そうだ、そのとおりだ。で、挨拶文の話に戻るが、そこにわたしの登場人物の会話や地の文などをうまく取り込むということをしてみてはどうか、ということなんだ」

「例えば、どんなのがいいでしょう」

「わたしは一から自分で考えろという薄情者ではないから、ピクウィックに自分の小説から二、三引用してもらおうと思う」

「小川さん、こんなのはどうですか。「人間の生涯のうちで、自分の帽子を追いかけている瞬間ほど、滑稽な当惑をおぼえ、慈悲深い同情に出逢わぬときはない。多くの冷静さ、ある独特な判断力が帽子をつかまえるのには必要である。あわてすぎてはいけない。さもないと、それを踏みつけてしまうからである。余り先まわりをしてはいけない。さもないと、それをすっかり見失ってしまうからである」これは第四章にあるのですが、自分の帽子を突風で吹き飛ばされ、それを追っかけているわたしを描写しながら、先生がユーモラスな筆致で人生訓を披露するという感じで、わたしが気に入っている場面なのですが……」

「そうだ、ここはこの小説の楽しい場面のひとつだが、これをどんなふうに挨拶文に割り込ませるかというと、どうだピクウィック」

'73

小川はディケンズ先生とピクウィック氏が一所懸命に説明するのを一言も聞き漏らさないようにとふたりの口許を見ながら話を聞いていた。

「そうですね、まず挨拶の最初は型通りのものをすればよいでしょう。妻がいつもお世話になっているであるとか、妻がアンサンブルの一員となったことで毎日楽しそうにしていると言って、メンバーに耳を傾けさせる。

そこでさっきの文章を引用し、「人生においては、ピクウィック氏の帽子のように自分の思い通りにならず戸惑うことがあります。そんな時に四人の人物が加勢し帽子を追いつめたら、帽子は最後は白旗を揚げるでしょう」と言うと……」

「そ、それではぼくたち四人が、帽子で表現しているメンバーを懲らしめるぞと言っているのと同じです。やはりこの場合、帽子をメンバーと考えるのではなく、メンバー、秋子さん、加勢する四人が一緒に追い続ける夢と考えるのがいいでしょう。

で、こんなのはどうですか。『ここで言う帽子というのは、われわれが追い続ける共通の夢です。それは市民会館で毎年演奏会を行うというのも夢かもしれません、日本の有名なコンクールに入選するというのも夢かもしれません、いや世界にだって。そういうみなさんの夢を実現させるためのお手伝いを微力ながらさせていただこうと思っています』」

「ピクウィックはどう思う」

「先生、これ以上他の箇所を紹介する必要はないと思います。小川さんはこれを中心に据えて簡潔に挨拶できるように文面を考えればいいと思います」

「そのとおりだ。山椒は小粒でもぴりりと辛いという挨拶文がいいだろう」

小川はしばらく挨拶文を思案していたが、考えがまとまると一気に書き上げた。まだ午後十時すぎだったので、秋子がいる和室に戻った。

「さっき、秋子さんが言っていた挨拶文を考えたんだけど……」

「ああ、これね。読み上げてもいいかしら、じゃあ。「いつもわたしの妻秋子がお世話になっています。秋子が皆様方と一緒にアンサンブルをするようになって、週末に楽しみがあるからと毎日張り切って仕事に出掛けるようになりました。ご承知のことと思いますが、秋子は中学生の時からクラリネットを勉強しており、高校二年の時にはプロの演奏家と一緒に演奏をしました。大学時代、それから就職してしばらくはクラリネット演奏をしませんでしたが、京都から東京に住むわたしを訪ねて来るようになった頃から、クラリネット演奏を再開しました。こちらにおられるアユミさんのピアノ伴奏で近くの名曲喫茶でコンサートをするようになって、ジャンルを問わず独奏曲の演奏をしてきました。娘ふたりも音楽好きでそれぞれピアノとヴァイオリンを習っていますが、そういう子供たちを見て、秋子もクラシック音楽のエッセンスとも言うべき、モーツァルト、ベートーヴェン、シューベルト、ブラームスなどの室内楽をしてみたいと思ったのです。話は変わりますが、わたしは大学時代から十九世紀のイギリスの文豪ディケンズの作品を愛読しておりますが、彼の作品である『ピクウィック・クラブ』の中につぎのような文章が出てきます。「人間の生涯のうちで、自分の帽子を追いかけている瞬間ほど、滑稽な当惑をおぼえ、慈悲深い同情に出逢わぬときはない。多くの冷静さ、ある独特な判断力が帽子をつかまえるのには必要である。あわてすぎてはいけない。さもないと、それを踏みつけてしまうからである。余り先まわりをしてはいけない。さもないと、それをすっかり見失ってしまうからである」ここにある帽子というのは、われわれが追い続ける共通の夢です。ひとりで追いかけていると夢はなかなか実現しませんが、みんなで共通の目標を持って研鑽を重ねたならそれは近い将来現実のものとなるかもしれません。共通の目標は市民会館で毎年演奏会を行う、日本の有名なコンクールに入選する、いや世界にだって、などいろいろありますが、そういうみなさんの夢を実現させるためのお手伝いを微力ながらさせていただこうと思っています。わたしは残念ながら、指導をするほどの力量は持っていませんが、ここにおられるベンジャミンさん、大川さん、アユミさんは皆様の夢をかなえるために精一杯技術的指導をさせていただこうと考えています。どうぞ秋子とわれわれ四人、皆様と共に歩んでいこうと考えていますので、よろしくお願いします」とても、すばらしいわ。早く、その日が来るといいわね」

「そうだね」

小川や大川らと高尾山に登って一ヶ月後の日曜日、ベンジャミンは正午ちょうどに小川宅を訪れた。玄関口には桃香が出た。

「友さん、首を長くしてお待ちしておりました。ああ、それが愛用のヴァイオリンなのね。今日、わたしはお留守番なんだけど、次は友さんにヴァイオリンを指導してもらおうかな」

「モモカちゃん、オヒサシブリです。今日はお母さんのモンダイを解決シナイトイケナイので、シドウはできませんが、次回なら、少しはダイジョウブです」

「やあ、ベンさん、お待ちしていました。もうアユミさんたちも来ているので、さっそく行きましょうか」

「そうやね、行こマイ」

小川、秋子、大川、アユミ、ベンジャミンの五人が秋子が勤務する音大の正門前に到着したのは午後一時頃だった。

「いつもこの時間にアンサンブルの練習が始まるので、みんな来ていると思うわ」

「OB、OGなのでたまにわたしたちもここに来ますが、スタジオで演奏するのは本当に久しぶりですね」

「あなた、今日はトランポリンを持って来なかったから安心したわ」

「何を言っているんだ。今でもぼくが学生時代に愛用していた伝説のトランポリンというのが、プロレス愛好会の部室に置いてある。だもんでここに持って来る必要はないんだ。アユミは大学を出てからはプロレス愛好会とは無縁になってしまったけれど、ぼくの場合は今でも後輩たちと親交があって、部室に出入り自由なんだ」

「伝説のトランポリンですか？？？」

「そうです、かたちと大きさは家にあるのと同じくらいなのですが、二倍の反発力があって、最高五メートルの高さまで飛び上がることができるんです」

「そんな危険なトランポリンで鍛えていたのですか」

「いいえ、違います。三回生になっても語学の単位が取得できないぼくはせめて遅刻しないようにと当時二階にあった教室に行くためにトランポリンを使っていたのです」

「でも、それなら五分早く下宿を出ればいいことで」

「もちろん、トレーニングも兼ねていたんですが、ある日ぼくが飛び上がった途端に先生が入口の窓を閉めてしまったもので」

「どうなったのですか」

「もう一度トランポリンまで下りて行って、三階の窓から入ったんです」

「！！！！」

「小川さんは真面目だから……。そんな無茶はしませんよ。ぼくは仕方がないから教室の入口から入ったのですが、もちろん遅刻してしまいました」

「そうですか。それは残念でしたね」

「さあ、みなさん着きました。それじゃあ、最初にアンサンブルのメンバーの皆さんを紹介させていただきます。まずこちらがファゴットの岡崎さん、ホルンの橋本さん、オーボエの山川さん、フルートの伊藤さん、それから弦楽器に行くとヴァイオリンの市川さんと茨木さん、ヴィオラの安田さん、チェロの下村さん、コントラバスの二宮さんです。メロス・アンサンブルのようにあとピアノとハープが加わればいいんだけど……。でもピアノはアユミさんがいるから。そうそう、新加入のメンバーをわたしから紹介します。まずはわたしがソロでクラリネットを演奏する時にお世話になっている、大川アユミさん、アユミさんはピアノの先生をされています。そのご主人の大川さん、こちらはどの楽器でも指導可能ですが、作曲もされますので、わたしたちのオリジナル曲を作曲していただく予定です。それからこちらはベンジャミンさん、通称ベンさんです。ベンさんは主にヴァイオリンを指導されますが、弦楽器全体の指導もお願いしようと思います。最後にわたしの夫を紹介します。いつもわたしに力を与えてくれる心強いパートナーですが、担当楽器がわたしと同じクラリネットなので、広報係として頑張ってもらおうと思っています。その広報係としてどんなことができるか、潜在的な力を皆さんに知っていただくために、挨拶文を作ってもらいました。準備はいいですか。それでは、みなさんご静聴下さい」

「ただいま紹介してもらった、秋子の夫の小川弘士と言います。それではしばし皆様のお耳をお借りします。いつもわたしの妻秋子がお世話になっています。秋子が皆様方と一緒にアンサンブルをするようになって、週末に楽しみがあるからと毎日張り切って仕事に出掛けるようになりました……」

小川はアンサンブルのメンバーへのメッセージを読み終えると、どのような印象を与えたのか知りたくなって思わず近くにいた岡崎に声を掛けた。

「岡崎さん、いつも、秋子がお世話になっています。どうですか、秋子のリーダーシップは」

「わたしも秋子さんにお世話になっていて、モーツァルトの管楽合奏をする時は楽しいのですが、弦楽器と共演するベートーヴェンの七重奏曲やシューベルトの八重奏曲なんかは大掛かりで演奏時間も長いので、仕上げるのが大変のように思います。秋子さんはメンバーが退屈しないように骨を折っておられるのですが……」

「うまく行っていないと……」

「わたしは楽しんでますよ。弦楽セクションのことは、市川さんや茨木さんに尋ねられるといいと思います」

「市川さん、秋子のリーダーシップはどう思われますか」

「わたしは最初、昔やっていたことがまたできるわ、と思って参加させてもらったんだけれど、昔の感覚を取り戻して難しいこともできるようになると欲が出てきたというか。管楽器と共演する場合、メンバーの数や楽器編成がめまぐるしく変わるでしょ。それよりか、ヴァイオリン二台、ヴィオラ一台、チェロ一台の弦楽四重奏曲の方が名曲がたくさんあるし、第一、曲ごとにメンバーが変わるということがないから、落ちついて練習できるし」

小川は秋子の気苦労の原因が少し摑めたので、ベンジャミン、大川、アユミと外に出て、話をすることにした。

「どう思いました」

「ぼくもある程度は予想していましたが、思った以上に厄介なことになっていますね」

「最初は音楽を趣味とする音大OGの集まりだったのが、演奏技術が向上するに連れて弦楽セクションと管楽セクションの歩調が合わなくなったという感じですね」

「岡崎さんと市川さんの主張はもっともなことだと思いますが、相容れないところがあり折衷案を出すというのも難しいかと思います」

「小川さん、ベンさんが何か話したそうよ」

「そうだ、ここは弦楽セクション担当のベンさんのご意見をいただきましょう」

「ワタシ、コマカイコト言うのキライです。だから、簡単に言います。弦楽セクションの人の好きにやらせるのがヨロシ。足りないのは、わたしの弟子でホジュウしますから、管楽セクションは今まで通りにショッタラエエが、フルートは合奏のメンバーになるのがムツカシイから、アユミさんがしばしばメンドウを見てクダサイ。コントラバスの出番は限られますから、オガワ、あなたが話し相手になってあげて下さい。コンナンデイイデスカ」

「じゃあ、今の話を広報係からみんなに伝えることにしましょう」

小川の話を聞いてしばらくメンバーは顔を見合わせていたが、代表者として市川が話を始めた。

「ご主人の話は最初の挨拶のように明快でわたしたちも共感しています。わたしたちはみんな中年のおばさんだけれど、若い人たちと同じように夢は持っているわ。でもあえてしんどい環境を受け入れる必要がないわたしたちが、風通しの悪い、意思疎通の難しいアンサンブルでやっていく必要があるのかと思ったの。でもご主人やベンさんとお話をしていると悪くない環境だなと思ったわ。お互いに造作なく気持ちを伝えられるのなら、それは申し分ない環境になったのだと思うし、これからは精一杯頑張るつもりよ」

小川とベンジャミンが並んで秋子にこっそりウインクしてみせたが、秋子はそれに笑顔で応えた。

〈参考文献〉

田辺洋子訳『ドンビー父子』(こびあん書房　二〇〇〇年)
北川悌二訳『ピクウィック・クラブ』(三笠書房　一九七一年)

あとがき

私が中学生の頃は、ピアノを習ったり、塾に行って熱心に勉強するということはなく、時間があれば、ラジオを聞いていました。洋楽のリクエスト番組が最も好きでしたが、落語家、漫才師、フォークシンガーなどがDJとなって楽しいハガキを読むという番組も好きでした。そのときに政治や経済の問題についてまじめに討論するというような番組に興味を持っていたら、違った大人になっていたかもしれませんが、世間のことが何もわからない思春期の私は、知らず知らずのうちに、ラジオ番組の中に生き甲斐を見出していたのかもしれません。

そんな番組の中で今でも思い出すのが、ラジオ大阪で平日の6時台から7時台にかけて放送していた番組で、カット・ジャパン1310（当時ラジオ大阪の周波数は1310）という公開番組でした。詳細は書きませんが、その中のプリン人形ではなくて、外国人（カナダ人ウィルフ氏やケンブリッジ大学マーティンさんという人が出ていました）が登場するコーナーが楽しみでした。その番組では、英語の語彙がなく、外国人とほとんど話したことがない（1970年代前半でしたから）中学生や高校生が、あまりない英語の知識を駆使して外国人とコミュニケーションを取ろうとしていました。中学生や高校生がとんちんかんな回答することや司会者のツッコミも面白かったのですが、外国人がなぜか関西弁を話し、中学生や高校生とたどたどしい会話をするのが最高に楽しかったのです。当時は大阪万博が開催されてから3年ほどしか経っていない頃で、大阪万博の時に芽生えた、外国人、とりわけ英語が話せる外国人への憧憬が私の中にあったのだと思います。宇宙船に乗って月に行き月の石を取って来たり、100メートルを10秒を切る速さで走る人がいたりする国に憧れがあったので、英語圏の外国人が中学生や高校生と楽しい会話をする番組に興味を持ったのです。

私が西洋文学を読むようになったのは、そんな英米への憧れからだったのだと思います。短編小説、長編小説といろいろ英米文学の翻訳本を読む中で、最も自分に合っているなと思ったのが、ディケンズでした。すべての小説がそうではありませんが、勧善懲悪で、主人公が成長し、後ろめたいこと、悪いことをしていた人は改心するという小説が多く、安心して読めるからです。そうして私はディケンズの小説を読み込み、彼や彼の小説、果ては小説の中の登場人物まで登場する小説を書いてしまいました。

この第3巻から登場する英国人ベンジャミンはウィルフ氏やマーティン氏の話し方を参考にして理想の外国人を作り上げたもので、大川や相川のように小川のよき友人となって小川の人生を豊かにしていってくれる人ですが、先に述べたように私の憧れである西洋の文化を体現してくれる人でもあるのです。ベンジャミンは小川、大川、相川と同様に、ディケンズの小説だけでなく、西洋音楽も身近なものにしてくれますのでどうぞお楽しみに。

著者紹介

船場弘章（せんば ひろあき）

1959年大阪生まれ　立命館大学卒
趣味：写真、音楽鑑賞、クラリネット演奏など

挿絵・カバー画

小澤一雄（おざわ かずお）

1948年東京生まれ
1994年よりozart展を毎年開催
1995年日本漫画家協会賞大賞など受賞多数
2011年から2012年の番組終了時まで、ＮＨＫ・Ｅテレ「Ｎ響アワー」タイトル動画放映される

こんにちは、ディケンズ先生《せんせい》3

2020年3月4日　第1刷発行

著　者　船場弘章
発行人　久保田貴幸

発行元　株式会社 幻冬舎メディアコンサルティング
〒151-0051　東京都渋谷区千駄ヶ谷4-9-7
電話　03-5411-6440（編集）

発売元　株式会社 幻冬舎
〒151-0051　東京都渋谷区千駄ヶ谷4-9-7
電話　03-5411-6222（営業）

印刷・製本　中央精版印刷株式会社

装　丁　幻冬舎デザインプロ

検印廃止

ISBN 978-4-344-92749-0 C0093
幻冬舎メディアコンサルティングHP
http://www.gentosha-mc.com/